Joseph Alexander Freiherr von Helfert

Erzherzog Franz Karl; ein Lebens- und Charakterbild

Antigonos

Joseph Alexander Freiherr von Helfert

Erzherzog Franz Karl; ein Lebens- und Charakterbild

Unveränderter Nachdruck der Originalausgabe von 1879.

1. Auflage 2024 | ISBN: 978-3-38696-389-3

Antigonos Verlag ist ein Imprint der Outlook Verlagsgesellschaft mbH.

Verlag: Outlook Verlag GmbH, Zeilweg 44, 60439 Frankfurt, Deutschland
Vertretungsberechtigt: E. Roepke, Zeilweg 44, 60439 Frankfurt, Deutschland
Druck: Libri Plureos GmbH, Friedensallee 273, 22763 Hamburg, Deutschland

Erzherzog

Franz Karl,

kaiserl. Prinz von Oesterreich, königl. Prinz von Ungarn und
Böhmen etc. etc. etc.

Ein

Lebens- und Charakterbild

von

Freiherrn v. Helfert.

Wien, 1879.

Verlag des österr. Volksschriften-Vereines.

Druck von Ludwig Mayer, IV., Hauptstraße 11.

1.

„Ihre Majestät die Kaiserin“, so stand an der Spitze von
Nr. 99 der „Wiener Zeitung“ Sonnabend den 11. December 1802 —
selbe erschien damals nur zweimal die Woche, Mittwoch und Samstag
— „sind Dienstag den 7. d. M. nachmittags um halb. 5 Uhr, zur
innigsten Freude des Hofes, der Stadt und aller Unterthanen, von einem
Erzherzog glücklich entbunden worden.“ Am Tage darauf, Mittwoch den
8. December um die Mittagstunde, wurde der junge Prinz auf einem
goldstoffenen Polster, den der Erste Obersthofmeister des Kaisers Georg
Adam des Heil. Röm. Reichs Fürst von Starhemberg, unterstützt
von den k. k. Kämmerern Prince Charles de Ligne und Johann Nep.
Fürst Clary-Aldringen, auf seinen Armen hielt, aus den Appartements der Kaiserin bis in die erste Antecamera des zweiten Stockwerkes
getragen und daselbst der Aja Maria Anna Theresia von Vrbna,
gebornen Gräfin von Auersperg, übergeben. Der Zug bewegte sich
nun wieder in das erste Stockwerk hinab, wo in Gegenwart Sr. Majestät
des Kaisers und des ganzen in höchster Gala aufgebotenen Hofstaates
die Taufe vorgenommen wurde. Taufpathe war Erzherzog Karl, der
sich dabei — es wird nicht gesagt aus welchem Grunde — durch
seinen jüngern Bruder Erzherzog Anton vertreten ließ. Die heilige
Handlung nahm der Patriarch von Venedig Cardinal Ludovico Flan-
gini unter Assistenz zweier Prälaten vor; der Täufling erhielt die
Namen Franz Karl Joseph. Abends war zu Ehren des freudigen
Ereignisses freier Eintritt in beiden Hof-Theatern. „Donnerstag, gestern
und heute“, so schließt der amtliche Bericht der Wr. Ztg., „von 12 bis

2 Uhr nachmittags und von 5 bis 7 Uhr abends wurde von dem Ersten
Oberſthofmeiſter Ihrer Majeſtät der Kaiſerin Anton Gotthard Grafen
von Schaffgotſche den Cavalieren, und von Allerhöchſtdero Oberſten
Hofmeiſterin Antonia Gräfin von Bratislav geb. Gräfin Kinsky
den Damen, über Ihrer Majeſtät und des neugeborenen Erzherzogs
Wohlbefinden Auskunft ertheilt.“

Nach dem Wiener Kaiſerſitze gab es keinen Ort, wo man über die
glückliche Niederkunft und die erfreuliche Folge derſelben innigere Theilnahme bezeugte, als in Neapel. Schon am 28. November hatte Königin
Karolina in einem an ihre vielgeliebte älteſte Tochter die Kaiſerin
Thereſia gerichteten Briefe, nachdem ſie derſelben von den Sorgen
und Kümmerniſſen ihrer Lage geſprochen, hinzugefügt: „Indeſſen hoffe ich,
daß ich für alles werde ſchadlos gehalten werden durch die Nachricht von
Deiner glücklichen Entbindung, und zwar von einem hübſchen Knaben, es
beſchäftigt mich dies überdiemaßen, ich bete zu Gott und laſſe zu ihm
beten.“ Denn es war am Königshofe von Neapel fromme Uebung, bei
wichtigern Vorfällen öffentliche Andachten in den Kirchen zu veranſtalten,
an denen ſich die ganze Bevölkerung betheiligte. Vierzehn Tage ſpäter,
13. December, hielt es die Königin vor Ungeduld kaum mehr aus:
„Jeder Lärm bei Tag oder bei Nacht, und ich glaube, es ſei eine
Botſchaft von Deiner glücklichen Niederkunft; Dein Herz würde ſicher
gerührt ſein, wenn Du all’ die Theilnahme wahrnehmen könnteſt, die ich,
meine theure Familie, mein ganzes Haus an Deiner koſtbaren Geſundheit
und Erhaltung nehmen.“ Endlich kam die heiß erſehnte Nachricht von
dem glücklichen Ablaufe des Ereigniſſes, und in der That, wie es ſich
die Großmutter gewünſcht hatte, mit einem Prinzen als neuem Weltbürger.
Die Freude Karolinens war unbeſchreiblich. „Ich habe geweint vor
Entzücken“, ſchrieb die lebhafte Königin am 21. December ihrer kaiſer-
lichen Tochter, „ich habe Gott geprieſen und bin noch jetzt in einem
Taumel. Deine lieben Zeilen, Deine gefühlvollen Nachfragen und Auf-
merkſamkeiten haben dieſen Taumel der Entzückung, der Seligkeit, der
Befriedigung nur geſteigert. Möge Gott Dich ſegnen, möge Er Dein

Tröster sein, wie Ihn darum mein zärtliches Herz bittet, möge Er Dich glücklich und zufrieden machen. Ich kann von nichts sprechen als davon, nichts denken, nichts athmen als dies!" Und am 31.: „Dieser theure Neugeborne wird, ich hoffe es, Dein Trost und Deine Stütze sein; er trägt einen so theuren Namen, einen von so guter Vorbedeutung; ich selbst fühle eine ganz besondere Zärtlichkeit für dieses theure Kind."

Der kaiserliche Kammerdiener Sebastian Schmidmayr, der die frohe Botschaft gebracht hatte, wurde bei Hofe mit Liebesdiensten und Aufmerksamkeiten überschüttet. Erst gab ihm die Königin einen Begleiter mit, damit er sich, da er des Italienischen nicht mächtig war, in Neapel zurechtfinde und alle Merkwürdigkeiten der südlichen Hauptstadt besehen könne. Nachdem er das volle zehn Tage genossen, wurde er nach Caserta beschieden, um ihm auch dort alles zu zeigen, vorzüglich das königliche Lustschloß Belvedere mit den prachtvollen Gärten und weltberühmten Wasserkünsten und Cascaden, und die vom Könige Ferdinand IV. angelegte und mit besonderer Vorliebe gepflegte Colonie San Leucio. Dann nahm ihn die königliche Familie wieder mit sich nach Neapel, von wo er erst um Mitte Januar mit Briefen, Geschenken und Segens-wünschen für das kaiserliche Haus entlassen wurde.

*　　*　　*

Die erste Obsorge und Pflege genoß der kleine Erzherzog in Gemeinschaft mit seinen nächstältern Geschwistern, Joseph, Leopoldine, Maria Clementine und Karolina unter Leitung der Aja Gräfin v. Vrbna.*) Der Kronprinz Ferdinand und die Erzherzogin

----

*) Kammer Sr. königl. Hoheit ꝛc.

    Aja: Gräfin Vrbna.

    Kammerfrau: Mme. Francisca Diwald.

    Kammerdienerinen: Mlle. Antonia Bittermann.

                Elisabeth Turteltaub von Turnau.

    Kammermensch (1806 Kammermädchen): Eleonora Fürst.

    Leibwäscherin: Katharina Silva.

    Extraweib: Justina Hartmann.

Maria Louise hatten bereits ihre besondere Leitung, was von 1803 auf 1804 auch mit dem Erzherzog Joseph stattfand, wogegen die Kinderstube an der Prinzessin Maria Anna, geboren 8. Juni 1804, einen Zuwachs erhielt. Erst mit dem Jahre 1806 kam unser kleiner Erzherzog aus der Obhut der gräflichen Aja unter die Leitung Demetrius von Görög's, später k. k. Hofrathes, der als Kammer=Vorstand zugleich für die drei, und nach Erzherzog Joseph's frühem Tode, † 29. Juni 1807, für die zwei Prinzen des Kaisers Franz fungirte. Auch den Erzieher Johann Wilhelm Ridler hatten sie die erste Zeit gemeinschaftlich, bis derselbe 1807 mit dem k. k. Hof=Secretär Anton Simon für den Kronprinzen allein bestimmt wurde, während bei dem jüngeren Prinzen Franz v. Sommaruga und Joseph Obenauß als Erzieher wirkten. Vorzüglich der erstere, ein junger Rechtsgelehrter von ausgezeichneten Geistes= und Herzensgaben, theoretisch und praktisch gebildet, trat zu seinem empfänglichen Zögling in ein näheres Verhältnis.*)

Leiblakaien (gemeinschaftlich mit den jüngeren Geschwistern):

Leopold Knapp (1806 Georg Osterberger).	Johann Trendl.
Benedict Stiegner.	Niclas Rupprecht.
Anton Biedermann.	Michael Ott.
Franz Schreckenstein.	Simon Baldas.
Joseph Kirchner.	Jacob Trendl.
Michael Göber.	Georg Molzdorfer.
Jacob Peter.	Peter Goiser.

*) Die unteren Organe der Kammer des Erzherzogs waren jetzt:
Kammerdiener: Franz Borkovský.
    Johann Bapt. Mittersteller (1829 Jos. Stadler).
Kammerheizer: Anton Schwarzbrunner (1812 Joseph Stadler).
Leiblakaien: Laurenz Trendl.
    Joseph Stadler (1812 Anton Biedermann, 1814 Karl Ružička, 1824 Vincenz Zinnert).
    Leopold Knapp (1818 Mathias Huber).
    Jacob Peter (1811 Stephan Popović, 1813 Leopold Latour).
Leibwäscherin: Katharina Silva.

Es kam das sturmbewegte Jahr 1809, wo der siebenthalbjährige Erzherzog traurige Gelegenheit finden sollte, manche der weiten Gebiete seines kaiserlichen Vaters kennen zu lernen. Nachdem man ihn schon als Kind, vier Jahre früher, bei dem ersten Eindringen der Franzosen aus Wien genommen hatte, ging es jetzt zu Anfang Mai 1809 abermals mit fluchtähnlicher Eile nach Ofen, von wo Franz Karl mit den drei jüngeren Prinzessinen Maria, Karolina, Maria Anna am 19. nach Erlau und später nach Großwardein geleitet wurde; dann verbrachten sie eine Zeit in Kaschau und wieder in Ofen, bis sie in den ersten Wochen des Jahres 1810 nach Wien zurückkehren konnten. Hier fanden bald darauf die Aufzüge und Feierlichkeiten statt, welche die älteste Schwester Maria Louise nach Frankreich entführten, die von da zu gewissen Zeiten reiche Geschenke nach Wien sandte; z. B. noch in demselben Jahre einen ganzen Artillerietrain, in mehrere Kisten verpackt, als Spielzeug für den jetzt achtjährigen Prinzen. Aus den Briefen Maria Louisen's fällt auch ein Streiflicht auf die Knaben=jahre unseres Erzherzogs, da sie ein paar Jahre später, 31. Jänner 1813, dem Kaiser Franz ihren Erstgebornen mit den Worten schildert: „Er ist sehr lustig und muthwillig, wie Bruder Franz als er klein war."

Im Jahre 1815 trat zu den Civil=Erziehern des Erzherzogs der Obrist August v. Eckhardt, der ihm für die militärische Ausbildung zugetheilt wurde. Fast noch in der Wiege, seit 1804, Inhaber des Fünfkirchner Linien=Infanterie=Regimentes Nr. 52 erhielt Franz Karl im Jahre 1817 Obristen=Rang und um dieselbe Zeit die Aufnahme in den Orden des goldenen Vließes. Zwei Jahre später, 1819, hatte A. v. Eckhardt seine Aufgabe bei dem Prinzen vollendet und avancirte zum General=Adjutanten Sr. Majestät des Kaisers.

Erzherzog Franz Karl scheint zu keiner Zeit für die militärische Laufbahn besondere Neigung bekundet zu haben; dagegen finden wir ihn bald in Kreise friedlichen Wirkens gezogen. Im Jahre 1822 trat er der k. k. Landwirthschafts=Gesellschaft in Wien als Mitglied bei, deren Protector sein gefeierter Oheim Erzherzog Johann war; im Jahre

darauf nahm er die Ehren=Mitgliedschaft der „k. k. Gesellschaft zur
Beförderung des Ackerbaues, der Natur= und Landeskunde im Mark=
grafthum Mähren und Herzogthum Schlesien“ an, die damals unter
dem Protectorate des Landes=Chefs Anton Friedrich Grafen von
Mitrovsky stand.

*　　*　　*

Das Jahr 1824 bezeichnete einen wichtigen Abschnitt im Leben
Franz Karl's. Er hatte sein einundzwanzigstes Lebensjahr vollendet
und damit nach den Gesetzen des Erzhauses seine Selbstständigkeit an=
getreten. An die Stelle des früheren Kammer=Vorstandes trat nun
ein Obersthofmeister in der Person des Hoffanzlers Peter Grafen
von Goëß, an die Stelle der bisherigen Erzieher zwei Kammer=
herren, der Obrist im 1. Chevauxlegers=Regiment Franz Graf von
Coudenhove und der Obrist=Lieutenant im 6. Kürassier=Regiment
Eugen Graf Falkenhayn. Noch in demselben Jahre fiel ihm das Glück
zu, eine Lebensgefährtin an seine Seite zu fesseln, Prinzessin Sophie
von Bayern, vermählt 4. November 1824, die mit allen Reizen der
Erscheinung die höheren Vorzüge eines ebenso feinen Geistes als reichen
Gemüthes verband. Die ersten fünf Jahre des sonst so begünstigten
Bundes blieben kinderlos. Erst mit Eintritt des Jahres 1830 konnten
die fürstlichen Gatten Hoffnungen hegen, die gegen Mitte August ihrer
Erfüllung entgegengingen. Es war am Vormittag des 18., als von der
Bastei nächst dem Burgthor der erste Kanonenschuß ertönte, der mit
einemmal athemlose Spannung über ganz Wien verbreitete, bis der
zweiundzwanzigste in die Lüfte donnerte und es laut in allen Straßen
widerhallte: „Ein Kronprinz!“ Anton Langer, damals Schuljunge bei
St. Joseph ob der Laimgrube, beschreibt es uns, wie sich mit diesem Ruf
die Knaben nicht mehr halten lassen, wie sie voll Jubel aus der Lehrstube
auf die Straße hinausgestürmt, dem Burgthor zu, von dessen Höhe noch
fortwährend Schuß auf Schuß krachte. Doch hören wir ihn selbst:

6

„Da kam ein offener Hofwagen aus der Stadt herausgefahren
und in demselben saß der uns allen wohlbekannte Erzherzog Franz,
der seinem kaiserlichen Vater persönlich in der Burg Bericht erstattet
hatte und nun zu seiner erlauchten Gattin Erzherzogin Sophie nach
Schönbrunn zurückfuhr. Ein unaussprechlicher Ausdruck von Glück und
Freude lag auf dem Antlitze des Erzherzogs, der, damals achtundzwanzig
Jahre alt, zum erstenmal nach sechsjähriger Ehe mit einem Kinde,
obendrein einem Prinzen, beglückt worden, welcher, wie man damals
schon mit Grund annahm, bestimmt war dereinst den Thron der Habs-
burger zu besteigen. Wir Buben aber ließen es uns nicht nehmen dem
Hofwagen das Geleite zu geben, wir rannten neben demselben her:
Halloh! halloh! Und wenn ein Dutzend auch ermattet zurückblieb, so
schlossen sich in der langen Mariahilfer-Straße immer wieder neue Rudel
an, welche die ganze Vorstadt bis zur Linie aufspectaculirten: Halloh!
halloh! Der Erzherzog grüßte seelenvergnügt nach rechts und nach links
die getreuen Laimgruber und Mariahilfer, welche freudestrahlend die
Hüte und Mützen zogen, und lächelte freundlich den schreienden Jungen
zu. Mit einemmal erhob er sich im Wagen und trotz der Sehnsucht,
die er wohl empfand, seine Gattin und sein Kind so schnell als möglich
wieder zu sehen, rief er in seinem Wiener Dialekt dem Hofkutscher zu:
‚Fahrt's nöd so g'schwind, die armen Buben rennen sich ja d'Lungel-
sucht auf'n Hals!' Diese aus dem trefflichsten Herzen kommenden Worte“,
so schließt Langer seine Schilderung, „so wie die lieben freundlichen
Züge des Kaiser-Vaters sind mir seitdem unvergeßlich geblieben“*) . . .

Noch zweimal, 6. Juli 1832 Erzherzog Ferdinand Max, und
30. Juli 1833 Erzherzog Karl Ludwig, konnte Kaiser Franz sich
als Großvater beglückwünschen lassen, bis er am 2. März 1835 nach
einer dreiundvierzigjährigen Regierung das Zeitliche segnete.

---

*) „Der gute alte Herr“, in der „Heimat“ 1878 I. S. 418 f. Es ist Herrn
Langer nur das Versehen zugestoßen, daß er an die Stelle des damals noch lebenden
und regierenden Kaisers Franz den Bruder des Erzherzogs „Kaiser Ferdinand“ setzte.

2.

Der Regierungsantritt seines Bruders Kaiser Ferdinand I. führte den Erzherzog Franz Karl aus den Kreisen der Privatthätigkeit, die ihm bisher ausschließlich offen gestanden, in jene der öffentlichen Verwaltung. Er wurde Erstes Mitglied der Obersten Staats-Conferenz unter dem Allerhöchsten Vorsitze Sr. Majestät des Kaisers, deren ständige Mitglieder außerdem Erzherzog Ludwig, Fürst Metternich und Graf Kolovrat waren; als zeitweilige Mitglieder fungirten „nach Maßgabe der Geschäftsgegenstände" die übrigen Staats- und Conferenz-Minister, die staatsräthlichen Sections-Chefs, die Staats- und Conferenz-Räthe, die Präsidenten der betreffenden Hofstellen. Franz Karl, er stand beim Tode seines erlauchten Vaters im dreiunddreißigsten Lebensjahre, brachte den Staats- und Regierungs-Angelegenheiten das regste Interesse entgegen, das durch Reisen die ihm im Laufe der Jahre die unmittelbare Anschauung aller Theile des Reiches seines kaiserlichen Bruders verschafften, durch fortwährende Audienzen bei denen er mit Personen aus allen Gesellschaftskreisen in Berührung trat, und ganz vorzüglich durch unausgesetzten Verkehr mit den Organen der verschiedenen Zweige der Administration so wie mit den Repräsentanten der Geschäftswelt, stets neue Anregung erhielt.

Mit seinem Eintritt in die Verwaltung traf unsern Erzherzog auch die Beförderung zum General-Major — er war Obrist seit 1818 —, auf welche später jene zum Feldmarschall-Lieutenant folgte. *)

---

*) Hofstaat des Erzherzogs Franz Karl seit 1825:

Obersthofmeister: FML. Rudolph Graf von Salis-Zizers; 1840 FML. Graf Eugen Falkenhayn.

Kammerherren: GM. Graf Coudenhove; 1840 Rittmeister Graf Ferdinand Wurmbrand (1845 Major, 1847 Obristlieutenant).

Im Familienkreise erfreute ihn am 27. October 1835 die Geburt eines Töchterchens, Erzherzogin Maria Anna Karolina, der aber nur ein kurzes Dasein beschieden war — † 5. Februar 1840 —, und am 15. Mai 1842 das Erscheinen eines vierten Prinzen, Erzherzog Ludwig Victor.

Seit dem Regierungsantritt seines kinderlosen kaiserlichen Bruders galt der Erzherzog Franz Karl als Thronfolger, sein ältester Sohn als Erbprinz. Was sich seit diesem Zeitpunkte von Staatsbeamten und Würdenträgern, von Deputationen oder einzelnen Bittstellern in Wien einfand, oder was sonst vor dem Thron ein Anliegen hatte oder sich vorstellen zu müssen glaubte, nahm vom Kaiser regelmäßig seinen Weg zum Erzherzog, der sich bei diesen Anlässen eingehend und in wohlwollendster Weise um alle Einzelnheiten zu erkundigen pflegte und dadurch bei seinem treuen Namen- und Physiognomien-Gedächtnis, einem Erbstück seines erlauchten Hauses, nicht blos den Kreis seiner persönlichen Berührungen fortwährend erweiterte, sondern zugleich eine Detail-Kenntnis der Zustände

---

Graf Eugen Falkenhayn; 1840 Rittmeister Karl Freih. v. Reischach (1842 Major, 1845 Obristlieutenant).

1836 mit der Dienstleistung bei Erzherzog Franz Joseph: Hauptmann Johann Graf Coronini-Cronberg (1837 Major, 1840 Obristlieutenant, 1845 Obrist).

1838 mit der Dienstleistung bei Erzherzog Ferdinand Max: Major Timothäus Graf Ledochowski; 1843 Major Franz Graf Gorizutti (1844 Obristlieutenant, 1846 Obrist).

1839 mit der Dienstleistung bei Erzherzog Karl Ludwig: Hauptmann Karl Graf Morzin (1840 Major, 1845 Obristlieutenant, 1847 Obrist).

Adjutant: Major Maximilian Graf Merveldt (1837 Obristlieutenant, 1841 Obrist).
Secretär: Jur. Dr. Franz Seraph Erb, k. k. Hof-Secretär und Staatsraths-Official (1839 Regierungsrath).
Kammerdiener: Christian Fleischhacker, Joseph Stadler.
Kammerheizer: Mathias Huber; 1846 Joseph Zaller.
Antecamera-Thürhüter: Leopold Latour; 1845 Joseph Zaller; 1846 Simon Rieder.

und Verhältnisse des Reiches gewann, die selbst erfahrene Staatsdiener in Staunen, minder geschulte, die nicht über alles gleich Rede stehen konnten worüber der Erzherzog Auskunft wünschte, nicht selten in Verlegenheit brachte. Von Kaiser Franz wurde erzählt, er habe bei seinen Audienzen hinter einer spanischen Wand einen Geheimschreiber gehalten, der die betreffenden Personen, und was der Kaiser mit ihnen gesprochen, habe aufzeichnen und in einem alphabetisch geordneten Zettel-Cataloge in Evidenz halten müssen; habe sich dann nach noch so langer Zeit jemand wieder zur Audienz gemeldet, so sei der betreffende Zettel herausgesucht und dem Kaiser vorgelegt worden, der sodann den Audienzwerber in nicht geringes Staunen dadurch versetzt habe, daß er ihm dessen Erscheinen vor so und so viel Jahren, und was damals zwischen ihnen verhandelt worden, zurückzurufen im Stande gewesen. Bei Franz Karl war von einer solch künstlichen Veranstaltung gewiß nichts vorhanden, aber die Wirkung war dieselbe, so daß er nach Jahren Personen, die früher einmal bei ihm etwas vorzubringen gehabt, wieder erkannte und sie nicht selten an die Gespräche erinnerte, die damals geführt wurden.

Als muthmaßlicher Nachfolger des Kaisers hatte Franz Karl den letzteren bei unterschiedlichen Anlässen zu vertreten, wie es auch sonst an Huldigungen aller Art für ihn nicht fehlte. So war es im September 1842 wo der Erzherzog von Wien zu den Waffenübungen unter Marschall Radecky nach Verona reiste. Den 23. kam er nach Laibach, wo er mit festlicher Beleuchtung empfangen wurde. Der 24. war den Vorstellungen und Audienzen gewidmet, deren Theilnehmer, mit der „Laibacher-Zeitung" Nr. 78 zu sprechen, nicht genug rühmen konnten, wie Se. Kaiserl. Hoheit „hiebei huldvollst mit jedem einzelnen der Vorgestellten die Verwaltungszweige und besondern Verhältnisse des Landes mit ausgedehntester Sach- und Ortskenntnis, so wie mit dem lebhaftesten Interesse für die Förderung der Landeswohlfahrt zu besprechen geruhte." Am 25. fand die feierliche Eröffnung der neuen Quaderbrücke statt, welche anstatt der alten schadhaften Holzbrücke errichtet worden war und für welche sich die Stadt die Namen Franz Karl's erbeten hatte; als der

Erzherzog der erste über die Brücke fuhr und sie damit dem Gebrauche
übergab, wurden am Schloßberg die Kanonen gelöst, um weit in das
Land hinein das Ereignis zu verkünden. Am 26. September erfolgte die
Abreise nach Triest und von da über Venedig nach Verona; sodann ein
Ausflug nach Dalmatien, und in den ersten Novembertagen die Rückkehr
nach Wien.*)

*   *   *

Aus jenen Jahren schreibt sich auch die Popularität her, deren sich
der Erzherzog bei allen Classen der Bevölkerung mehr und mehr erfreute.
Er kannte alle Welt, und alle Welt kannte ihn. Wenn er seinen Rund-
gang über die Basteien machte, die Erzherzogin S o p h i e am Arm und
die drei älteren Prinzen vor ihnen, oder wenn ihn sein Sechser-Zug
durch die Straßen der Stadt und die Alleen des Praters führte, gab
es ein unausgesetztes Grüßen, so daß der Erzherzog den Hut, dessen
Krempe gar bald abgegriffen war, ohne Unterlaß vom Kopfe nahm und
wieder dahin zurückführte. Um keinen Preis würde er einen Gruß uner-
widert gelassen haben; eher war es er selbst, der den Hut zog, wenn
ihn ein Entgegenkommender etwa nicht kannte oder nicht schnell genug
bemerkte. Ich gedenke dessen oft, wie ich eines Tages, frisch „aus der
Provinz" nach Wien gekommen und im Hochgefühle als regierender
„Concepts-Prakticant der k. k. Hof- und niederösterr. Kammer-Procuratur"
die Jägerzeile hinabstolzirend, mich plötzlich aus einer dahinrollenden
Staats-Carrosse höflichst gegrüßt sah; natürlich, daß ich rasch den Hut
zog, zugleich aber neben und hinter mich blickte, ob das Compliment
nicht etwa jemand anderem gegolten habe; es war aber außer mir
niemand zur Stelle. . . .

F r a n z K a r l war von je ein Freund der Natur und als solcher
ein Liebhaber der Jagd. Schon zu Anfang der zwanziger Jahre pürschte

<hr>

*) P. v. R a d i c s, Erzherzog Franz Karl und die Stadt Laibach; Feuilleton
der „Laibacher Zeitung" 1878 Nr. 59 vom 12. März.

11   2*

er mit seinem Onkel Ludwig im Nieder-, Weidlinger- und Dornbacher-
Revier, in den Stift Schotten'schen und Fürst Schwarzenberg'schen
Böden, vor allem im Hütteldorfer Forste auf Füchse und Schnepfen.
Ein beliebter Jagdausflug war der „Thiergarten“; Franz Karl fuhr
dann von Wien aus mit seinem Sechser-Zug bis Schönbrunn, von da
mit einem Vierspänner bis Maria-Brunn. Im Thiergarten war es, wo
er gegen Ende der Dreißiger-Jahre einen Wolf schoß, der über eine an
der Lainzer Seite zusammengewirbelte Schneewehe über die Mauer
gekommen sein mochte. Die Jagden ordnete der Erzherzog immer selbst
an und bestimmte jedesmal das Gehege, das er für den kommenden
Tag ausersehen hatte. Der Erzherzog war aber nicht blos ein vortreff-
licher Schütze, er war Waidmann im besten Sinne des Wortes. War
ihm das Glück einmal nicht günstig, so war sein Jägergewissen befriedigt,
wenn es nur gelungen war das Wild abzuspüren, und wenn er sich
überzeugt hatte daß die Jagd gut eingestellt gewesen und regelrecht von
statten gegangen sei; er hatte dafür ein feines Auge und geübtes Urtheil.
Sein vortreffliches Gedächtnis bewährte sich auch in dieser Richtung.
„Er kannte“, heißt es in der „Jagdzeitung“ von 1878, „jeden Bezirk
mit Namen und Gränzzug, jeden Graben, jede Schlucht. Kein Waldweg,
nicht die verborgensten Steige oder die dieselben mehrfach durchkreuzenden
Wechsel waren ihm unbekannt. Wenn er aus dem Dickicht auf hoch-
gelegene Lichtungen hinaustrat, von wo sich dem Auge eine Fernsicht
öffnete, da wußte er bis in das tiefe Steyerland hinein jede Berg-
kuppe mit Namen zu bezeichnen.“

Dieser Jagdlust, dieser Liebe zur offenen freien Natur, diesem Vergnügen an Wald und Waldesduft, am „Waldweben“, wie es Richard
Wagner so treffend ausdrückt, verdankten es die lauschigen Plätze um
Hainbach, daß sie dem Wiener zugänglicher gemacht wurden. Die spiegel-
glatte Straße von Maria-Brunn nach Mauerbach, jene seitwärts in die
Hainbacher Schlucht, die sich durch das Waldgebiet schlängelnden Pro-
menade-Wege sind Anlagen des Erzherzogs Franz Karl. Er bediente
sich dazu eines alten schlichten Teichgräbers Namens Jacob, mit dem

er persönlich in dieser Angelegenheit verkehrte und der stets freien Zutritt
bei ihm hatte. In der Zeit, da mit dieser Arbeit begonnen wurde, be-
gegnete Jacob eines Tages dem Bezirksförster. „Nun, Herr Förster“,
sagte er, „jetzt werden wir Ihnen schöne Wege durch den Wald anlegen.“
„Wir?! Wer sind denn diese Wir?“ „No, ich und der Erzherzog“, erwiderte schmunzelnd der Mann. Die bequemen und anmutigen Spaziergänge die damals entstanden, führten auch zur Schöpfung der „Sophien-
Alpe“, zu Ehren der Frau Erzherzogin so benannt und in vormärzlicher
Zeit einer der beliebtesten Ausflugspunkte des Wieners, dem damals
noch nicht der Schienenstrang für entferntere Punkte in den romantischen
Umgebungen seiner Großstadt zur Verfügung stand.

Die durch seine Fürsorge in einen Waldpark umgeschaffene Gegend
um Mauerbach und Hainbach wurde dem Erzherzog so lieb, daß er in
der schönen Jahreszeit häufige Ausflüge mit der Erzherzogin und seinen
jungen Prinzen dahin unternahm. In Hainbach kehrte er beim Wirthe
Silber ein, in Mauerbach beim Fellner, ließ Kaffee auftischen und
plauderte mit den Wirthsleuten in volksthümlicher Weise, während seine
junge Welt sich munter herumtummelte. „Ich war selbst Augenzeuge“,
schreibt mir Herr Magistratsrath Anton Böhm, dem ich viele der in
diesem Aufsatze verwertheten Mittheilungen verdanke, „mit welcher Herablassung und Leutseligkeit Erzherzog Franz Karl und Erzherzogin
Sophie in dem Gasthausgarten zu Hainbach ihre Jause nahmen,
während die kaiserlichen Prinzen in einem mit Eseln bespannten kleinen
Wagen herumfuhren und so unter den Augen ihrer Eltern sich erlustigten.“*)

*　　*　　*

*) „Damit die Wege stets in gutem Stande erhalten würden, bestellte der
Erzherzog einen Bewohner Mauerbach’s, ließ diesem am Wege nach diesem Orte links
an der Straße ein Häuschen bauen und schenkte ihm einigen Grund um dasselbe zur
Bewirthschaftung. Leider sollte der gute Erzherzog vergessen, diesem Manne das ihm
zugedachte Eigenthum grundbücherlich einverleiben zu lassen, und erst jetzt nach dem
Tode Franz Karl’s war es Sr. Majestät vorbehalten, dem Sohne dieses Hausbesitzers
dessen Eigenthumsrecht zu sichern.“ MS. Böhm.

13

Die Theilnahme des Erzherzogs Franz Karl an gemeinnützigen, das geistige leibliche oder materielle Wohl fördernden Instituten war keineswegs erkaltet. Im J. 1826 hatte ihn das Ateneo zu Venedig, 1834 die Landwirthschafts-Gesellschaft in Krain zu ihrem Ehrenmitglied erbeten; 1830 hatte er das Protectorat des Galizischen Witwen- und Waisen-Pensions-Institutes zu Lemberg übernommen, auf welches 1835 jenes über den Wiener Verein zur Versorgung und Beschäftigung erwachsener Blinden folgte, das vor ihm Erzherzog Anton geführt hatte.

Am 3. August 1836 fand die General-Versammlung unter persönlichem Vorsitz des neuen Protectors statt. Unter den Anwesenden befanden sich der k. k. Hofrath Baron von Waldstätten; der vielverdiente Blindenfreund und Schöpfer des Wiener Blinden-Instituts so wie der 1826 entstandenen Versorgungs- und Beschäftigungs-Anstalt für Blinde kaiserl. Rath Johann Wilhelm Klein; der Landschafts-Secretair und bekannte Lachmeister Ignaz Franz Castelli; der Dom-Scholasticus Johann Nepomuk Ebneter; der k. k. Regierungsrath und Bürgermeister Anton Joseph Edler von Leeb; der Oberfthof-marschall des Kaisers Peter Graf Goëß; der Magistrats-Beamte Ferdinand Karl Manussi; der Kunsthändler Bermann; Dr. Karl Eduard Hammerschmid; der Gutsbesitzer Joseph Edler von Well; der Katechet Johann Chrysost. Pietivoky ꝛc. Als Protocolls-Führer fungirte Dominik Marker. Der unmittelbare Vorsitz des Erzherzog-Protectors war bei dieser General-Versammlung darum nothwendig, weil es sich um die Reconstituirung des Vereins-Ausschusses handelte, in welchen Waldstätten als Präses, Klein, Castelli, Well, Pietivoky und Manussi gewählt wurden. Von da an erschien der Erzherzog nie mehr persönlich in den Jahres- und General-Versammlungen, so wie er auch die Versorgungs-Anstalt für Blinde nur ein einzigesmal besucht hat. Er brachte es nicht über sich, das Elend dieser, wie er in seinem mitfühlenden Herzen meinte, unglücklichsten aller Geschöpfe auf Gottes Erdboden mit anzusehen. Mit dieser Auffassung war er allerdings im Irrthum. Wir Gesunden an Leib und Seele können uns allerdings nichts trostloseres, nichts' entsetzlicheres einbilden, als des Augenlichtes beraubt zu sein, jenes Sinnes, mit welchem eine schöne schimmernde, goldig strahlende Welt für uns verloren geht. Jeder von uns, wenn ihm die Wahl gestellt würde, zöge es vor, das Gehör als das Gesicht zu verlieren. Und doch sind die wahren Unglücklichen nicht die Blinden, sondern die Tauben. Wer je Blinden- und Taubstummen-Institute besucht oder wer sonst mit Blinden und mit Tauben öfter verkehrt hat, wird im Durchschnitt die letzteren mistrauisch mürrisch versteckt finden, während der Blinde meist fröhlichen Sinnes und muntern Gespräches ist. Allein, wie gesagt, der Erzherzog ertrug nicht den Anblick der Blinden, er der Sehende die Gegenwart der Gesichtslosen, für deren Wohl und Gedeihen er um so eifriger beizusteuern bestrebt war.

Sein Berather und Vertrauensmann war hierbei Manussi, und nie fiel eine Bitte, die sich dieser im Interesse der Blinden erlaubte, auf unfruchtbaren Boden. Dahin gehörten besonders die Concerte oder, wie in Wien der Ausdruck gebräuchlich war, „Akademien", so wie Theater-Vorstellungen und Redouten, die stets einen reichen Ertrag abwarfen. Zu einer Zeit war der große Chor aus „Mosé" sehr beliebt, und der Erzherzog-Protector meinte, ob man diesen in der bevorstehenden Akademie nicht zur Aufführung bringen sollte. Manussi erlaubte sich die Bemerkung, dazu bedürfte man orchestraler Begleitung und das koste ein paar hundert Gulden, um welche das Rein-Erträgnis gemindert würde. „Nun, mein lieber Manussi, die Mehrkosten nehme ich auf mich", sagte der Erzherzog; „daß nur die drüben nichts erfahren!" Er meinte seine Kanzlei und Casse, wo man jede „unnütze" Ausgabe zu ersparen suchte. Nun engagirte Manussi die Artillerie-Bande des Capellmeisters Dobyhal, die sich damals großen Rufes erfreute. Das Programm zog, die „Akademie" war besuchter als je, das Stück mußte dreimal wiederholt werden. Der Gewinn für die Blinden aber fiel über alle Erwartung günstig aus, weil der Erzherzog, wie er versprochen, das Honorar für die Musikanten aus seiner Privat-Schatulle

zahlte, ohne daß „die drüben" etwas davon erfuhren. Das war so
seine liebe Art! *)

Die Theilnahme Franz Karl's an gemeinnützigen Instituten
erweiterte sich von Jahr zu Jahr: 1839 Academia delle Belle Arti
in Mailand; 1840 k. k. Gartenbau-Gesellschaft in Wien und Museum
Francisco-Carolinum in Linz; 1841 Niederösterreichischer Gewerbeverein, Institut der Künste und Wissenschaften in Mailand, das gleiche
in Venedig; 1844 Verein zur Beförderung der bildenden Künste in
Wien, Verein zur Ermunterung des Gewerbsfleißes in Böhmen; 1845
Böhmische Gartenbau-Gesellschaft in Prag. Für den n.-ö. Gewerbeverein und für das Seinen Namen führende Linzer Museum übernahm
der Erzherzog das Protectorat; den andern Gesellschaften und Instituten
trat er als Mitglied (Ehrenmitglied) bei.

Das Protectorat über den Gewerbeverein stand dem Sinne Franz
Karl's um so näher, als er Bürgerfreund im schönsten Sinne des
Wortes war, sich bei jedem gegebenen Anlasse um die Erwerbsverhältnisse
erkundigte, in Zeiten der Noth zur Linderung beitrug was in seinen

---

*) Herr von Manuffi, dessen Erinnerungen ich diesen Zug verdanke, ist
der einzig überlebende Theilnehmer der General-Versammlung von 1836, und überhaupt der älteste aller derzeit wirkenden Mitglieder und Ausschußmänner des Vereines.
Es sei gestattet diesem wackeren Manne einige Zeilen der Anerkennung zu weihen,
einem Manne, der es sich zur Lebensaufgabe gesetzt hat in weitesten Kreisen, unermüdlich
und unverdrossen, für gemeinnützige Zwecke zu wirken, den nothleidenden und bildungs-
bedürftigen Classen der Bevölkerung Mittel zur Verbesserung ihrer Existenz zuzuführen,
das Vaterlandsgefühl, die Liebe und Anhänglichkeit für den Landesfürsten zu nähren
und zu pflegen. Während einer mehr als fünfzigjährigen aufopfernden Thätigkeit hat
er nahezu eine Million solchen Zwecken zugeführt; die Versorgungsanstalt für erwachsene
Blinde allein verdankt ihm bei 160.000 fl. Es ist um so mehr am Orte dies hier zu
erwähnen, als gerade der Erzherzog Franz Karl es war, an welchem Manuffi
die größte Stütze fand, und als er eben um dieser seiner Thätigkeit willen der
besondern Gunst und des Vertrauens seines menschenfreundlichen und mildthätigen
erlauchten Gönners sich erfreute. „Der verstorbene gnädigste Herr", schreibt mir Herr
von Manuffi „war ein Engel in Menschengestalt, der mit vollen Händen alles
unterstützte."

Kräften lag, und sich dann wieder herzlich freute wenn man ihm berichten konnte daß die Zeiten besser seien. Auch in dieser Richtung zeigte sich der Erzherzog mit allen Details vertraut. Als in den Sechziger-Jahren ein nach Oesterreich gekommener auswärtiger Diplomat sich die Bemerkung erlaubte, unsere Lage sei eine vergleichsweise günstigere, da wir kein eigentliches Proletariat hätten, entgegnete der Erzherzog: „An Noth und Elend haben wir auch bei uns genug, mehr als zu viel! Kennen Sie die Existenz mancher unserer kleinen Beamten? Das ist auch ein Proletariat!"

3.

In den Sitzungen des nied.-österreichischen Gewerbevereines, die im damaligen Musikvereins-Saale unter den Tuchlauben abgehalten wurden, erschien der Erzherzog-Protector nicht selten und widmete den Verhandlungen große Aufmerksamkeit. Auf diesen Umstand war ein Plan gebaut, den mehrere der angesehensten Industriellen der Reichshauptstadt, Rudolph v. Arthaber und die Brüder Theodor und Otto Hornbostel an der Spitze, in den ersten Märztagen 1848 faßten, als die politische Aufregung, die Hoffnung auf einen Umschwung zum bessern, der ungestüme Drang die Entscheidung herbeizuführen, mit jedem Tage an Stärke zunahmen. Die Sitzung fand am 6. März statt und wurde scheinbar in gewöhnlicher Weise eröffnet; Franz Karl befand sich an seinem Ehrenplatz. Bald nach Beginn fand sich Graf Kolovrat, gleichfalls Mitglied des Vereines, im Saale ein. Nachdem die ersten geschäftlichen Mittheilungen zu Ende waren, erhob sich Arthaber und richtete, unter athemloser Spannung aller Anwesenden und zum Befremden des Erzherzogs, der sich die verlegene Stimmung, die im Saale herrschte, nicht zu erklären wußte, einige Worte an den erlauchten Protector, worin er der gefährlichen Lage gedachte, in die Europa und mit ihm Oesterreich durch die im Westen und Süden ausgebrochenen Ereignisse gerathen; wie es Pflicht aller Patrioten sei, sich um den Thron ihres Monarchen

zu schaaren und ihm Beweise ihrer Anhänglichkeit, ihrer Treue und
Opferwilligkeit zu geben; wie sich der Gewerbeverein, ein Bund patriotisch
gesinnter Männer, dieser Pflicht nicht entziehen könne und dieselbe dadurch
zu erfüllen glaube, daß er dem Monarchen gegenüber seine Ueberzeugung
von der Gefahr, in welcher der Staat schwebe, aber auch von der Vorsorge ausspreche, welche die Regierung die geeigneten Mittel finden lassen
möge, allen drohenden Uebeln rechtzeitig und wirksam zu begegnen. Er
verlas sodann die kurze an Se. Majestät den Kaiser gerichtete Adresse
und überreichte sie dem Erzherzog mit der Bitte, daß Er als Protector
des Vereines die hohe Gnade haben wolle, das Schriftstück in die Hände
des Monarchen gelangen zu lassen. Begeisterter Zuruf, Hochs auf
den Kaiser und den Erzherzog begleiteten die Worte Arthaber's,
während Franz Karl, überrascht und überrumpelt, merkbar einen innern
Kampf durchmachte, bis er sich zuletzt erhob, das ihm von Arthaber
hingehaltene Papier entgegennahm und, nachdem sich der frohe Lärm, der
hierüber im Saale von neuem losbrach, gelegt hatte, mit erregter Stimme
die Worte sprach: „Ich danke Ihnen im Namen Sr. Majestät für diesen
Ausdruck Ihrer Anhänglichkeit, den ich nicht ermangeln werde dem Kaiser
allsogleich mitzutheilen. Gewiß, wir haben nie in die Treue Zweifel
gesetzt, welche Sie neuerdings an den Tag legen. Es ist nun an uns
fest zusammenzuhalten; denn nur dann können wir zum erwünschten
Ziele gelangen!" Die Freude, der Jubel, aber auch die Rührung tobten sich
in einem neuen Beifallssturme aus, so daß der Erzherzog selbst mit fort-
gerissen nochmals das Wort ergriff und ausrief: „In der Mitte solcher
Männer zu stehen ist eine wahre Freude!" Auch Graf Kolovrat konnte
nicht umhin gegen die ihm nächst befindlichen Mitglieder zu äußern: „daß
die Adresse sicher nur den edelsten patriotischen Gefühlen ihre Entstehung
verdanke." Die regelmäßigen Verhandlungen wurden sodann wieder
aufgenommen, der Erzherzog blieb auf seinem Platze, den er erst, von
abermaligem Jubel und Beifall begleitet, nach Schluß der Sitzung verließ.

Die Haltung des Erzherzogs Franz Karl in der Gewerbevereins-
Sitzung, die Thatsache daß der dem Throne nächststehende Prinz des

Herrscherhauses eine auf die Herbeiführung entscheidender Reformen ab=
zielende Petition entgegengenommen habe, wurde rasch in allen Kreisen der
Haupt= und Residenz=Stadt bekannt und trug nicht wenig dazu bei, die Hoff=
nungen der Neuerungsfreunde zu heben, ihre Thätigkeit zu neuen Versuchen
anzuspornen. Auch that der Erzherzog was er verheißen hatte. Die
Adresse gelangte in die Hände des Monarchen und es wurde berathen,
welche Antwort darauf zu geben sei. Sie erfolgte am 13. März mit
einer Allerhöchsten Entschließung, welche zwar dem „Ausdruck treuer
Anhänglichkeit des n.=ö. Gewerbevereines" volle Gerechtigkeit widerfahren,
aber die Körperschaft zugleich merken ließ, daß „hiebei sowohl die
Schranken des Vereinszweckes überschritten worden, als auch in den
Ausdrücken Uebertreibungen unterlaufen sind, die Ich nur den über=
strömenden Gefühlen zuschreiben will, wozu die Zeitumstände Veran=
lassung gegeben haben mögen."*) Die Ereignisse folgten einander nun
rasch, und der n.=ö. Gewerbeverein konnte sich rühmen durch seinen kühnen
Schritt zur Förderung derselben beigetragen zu haben. Das Vertrauen
des Erzherzogs aber hatte er verwirkt, mindestens erschien derselbe nie
wieder in einer der Vereins=Versammlungen. Außerordentliche Umstände
rechtfertigen allerdings bis zu einer gewissen Linie außerordentliche Schritte
und Maßregeln. Allein die persönlichen Rücksichten, die der Verein seinem
erlauchten Protector schuldete, hatten die Veranstalter jenes Auftrittes
ohne Frage in der unzartesten Weise verletzt, indem sie, ihrerseits voll=
kommen gerüstet und vorbereitet, den arglosen Erzherzog in eine Lage
versetzten, die wohl sein Tact und Anstandsgefühl, so wie das auch bei
dieser Gelegenheit hervorbrechende Wohlwollen seiner Natur, nach den
Augenblicken der ersten Ueberraschung zu beherrschen verstand, die aber

---

*) Der Wortlaut des Allerhöchsten Handschreibens wurde am 14. durch den
n.=ö. Regierungs=Präsidenten Baron Talacko dem Grafen Colloredo=Mans=
feld, Vorstand des Gewerbevereines, bekannt gegeben, in dessen Hände der Bescheid
am 15., wenige Stunden vor der Verleihung der Constitution, gelangte. Näheres
Reschauer: Das Jahr 1848 S. 132—136.

gleichwohl in seinem Innern die Empfindung einer Unbehaglichkeit zurück-
ließ, der er sich nicht ein zweitesmal aussetzen mochte.

Die ganze Anlage des Erzherzogs, sowohl nach der Seite seines
milden menschenfreundlichen Gemüthes, als nach seiner dem Gewohnten
und Althergebrachten zuneigenden Anschauungsweise, war nicht darnach
mit einem Umsturz aller bestehenden Verhältnisse und mit der gewalt-
thätigen Weise, welche die verschiedenen Phasen dieses Processes charak-
terisirte, zu sympathisiren. Doch konnte ein Naturell wie das Franz
Karl's verbittert werden? vermochte er jemand zu zürnen? Welches war
im Privatleben der höchste Ausdruck seines Unmuths, wenn man ihm
etwas nicht recht gethan? „Aber, liebe Kinder, was habt's denn g'macht?!"
und dabei deutete er mit dem Finger auf die Stirn. So sah man ihn
denn am Tage nach der wüsten Sturm-Petition vom 15. Mai die Reihen
der auf dem Graben in Bereitschaft stehenden Nationalgarden abschreiten,
nach allen Seiten freundlich grüßen, und einen oder den andern auf die
Schulter klopfen: „Viel Plag, meine Herren, nicht wahr?! Na, hab'n's
nur a biss'l Geduld, 's wird schon besser werden!" Daß der Erzherzog
dieses „Besserwerden" nicht im Sinne der Sturm-Petenten vom vorigen
Tage oder vielmehr der versteckten Arrangeurs des Straßen-Scandals
verstand, braucht wohl nicht gesagt zu werden. Immerhin würde er es
bei seinem leutseligen Wesen mit der Zeit herausgefunden haben, sich
mit den tonangebenden Gewalten auf einen leidlichen Fuß zu setzen.
Nicht so sein kaiserlicher Bruder, der unter den fortwährenden Auf-
regungen in solchem Grade litt, daß es ihn in der Nähe des Kraters nicht
länger duldete. Am 18. Mai hatten der Kaiser und die Kaiserin die
Stadt, die ihnen so viel Schrecken und Kummer bereitet hatte, im Rücken,
und mit ihnen der Erzherzog Franz Karl und dessen Familie.

Es kamen die Tage von Innsbruck, eine Zeit vollständiger Ver-
lassenheit und Rathlosigkeit des Hofes, der sich von altbewährten und
vertrauten Dienern völlig entblößt fand, so daß es mehr als einmal der
russische oder britische Gesandte, Graf Medem und Lord Ponsonby
waren, an die man sich, als die einzigen näheren Bekannten die man

zur Hand hatte, um Rath und Hilfe wandte. Wohl fanden sich ab und zu Getreue aus den verschiedenen Theilen des Reiches in der tyrolischen Hauptstadt ein: eine große Sendschaft aus Prag, dem Herrscherhause die Treue und Ergebenheit Böhmens zu bezeigen; Fürst Felix Schwarzenberg als Abgesandter des greisen Radecky aus Verona; der Banus Jelačić aus Agram u. a. Aber alles dies war nur vorübergehend, und feindselige Elemente waren leider nicht ohne Erfolg bemüht, den eingeschüchterten Hof um seine treuesten Anhänger, um seine aufopfernsten Freunde zu bringen, wie dies z. B. dem Ministerium Batthyányi mit dem Banus von Kroatien gelang, dem es auf den Heimweg Bann und Acht nachsandte. Eine Zeit lang setzte Erzherzog Franz Karl seine Hoffnung auf Stadion, der auf vertrauten Wegen aus Lemberg nach Innsbruck beschieden war; er traf am 11. Juni ein, allein reiste bald wieder ab, nachdem er auf das bestimmteste erklärt hatte, unter den obwaltenden Verhältnissen die Zügel der Regierung nicht ergreifen zu können.

*　　*　　*

Im Allerhöchsten Familienkreise wurde, da der regierungsmüde Kaiser wiederholt das Verlangen nach Ruhe ausgesprochen hatte, seit langem die Frage des Thronwechsels erörtert. Es hatte sich die Ansicht geltend gemacht, daß, wenn dieser äußerste Fall einträte, die Krone nur auf ein Haupt übergehen könne, dessen Träger völlig unbefangen, unberührt von den vorausgegangenen Verwicklungen, unbeirrt und ungebunden durch sie, die volle Freiheit seiner Entschlüsse und Handlungen besäße. Damit war dem Erzherzog Franz Karl das Opfer auferlegt, freiwillig auf ein Recht zu verzichten das ihm heilig und unbestritten zukam, und die ungezwungene und hochherzige Weise, in welcher er und seine hohe Gemahlin dieses Opfer brachten, wird für immer als ein seltenes Beispiel von Selbstverleugnung in der Geschichte dastehen. Die Krone sollte auf ihren ältesten Prinzen Erzherzog Franz Joseph übergehen, den sie, um ihn wenigstens einige Zeit außer alle Berührung mit dem politischen Getriebe des Tages zu bringen, auf den

21

italienifchen Kriegsfchauplatz fandten, wo er im Lager Radecky's
frifchere Luft einfaugte. Die drei andern Prinzen blieben in der
Gefellfchaft ihrer Eltern in Innsbruck, und auch Erzherzog Franz
Jofeph kam nach wenig Wochen wieder dahin zurück, weil Radecky
auf die unabfehbaren Folgen hingewiefen hatte, die es nach fich ziehen
müßte, wenn den Prinzen, den Stolz und die Hoffnung eines großen
Reiches, eine der Fährlichkeiten des Kriegslebens träfe, wenn er verwundet
würde, in einen Hinterhalt fiele, in Gefangenfchaft geriethe.

Mittlerweile wurde von Wien aus fortwährend dahin gedrängt,
daß der Hof in die Reichshauptftadt zurückkehre. Schwer war es, den tief
angegriffenen Kaifer zu einem folchen Schritte zu bewegen. Zweimal
hatte man ihn dazu gebracht feine Zuftimmung zu geben, zweimal
fagte er im letzten Augenblicke wieder ab. Es wurde deßhalb an die
Auskunft gedacht, daß, wie Erzherzog Johann bei der Eröffnung des
Reichstages den Alter-Ego des Kaifers abgegeben hatte, jetzt Erzherzog
Franz Karl mit feinem älteften Prinzen ftatt des Kaifers in Wien
erfcheinen follte. Doch immer kam man von dem Gedanken wieder ab,
weil dies, wie die Erwägenden meinten, nichts anderes heißen würde,
als den angehofften Thronerben, den man den Gefahren des Schlacht-
feldes entziehen zu müffen geglaubt, kaum minder bedenklichen politifchen
Verftrickungen auszufetzen. Auch gab Kaifer Ferdinand zum dritten-
mal nach, und diesmal blieb er bei feinem Entfchluffe, der die kaiferliche
Familie am 12. Auguft nach Wien und Schönbrunn zurückführte.

Die Verhandlungen wegen der Thronfolge waren im ununter-
brochenen Gange. Es war im engen Kreife der Betheiligten geplant,
daß am 18. Auguft, wo der junge Prinz in fein achtzehntes Lebensjahr
trat, der Kaifer abdiciren und der Erzherzog abftiniren follte, um jenem
den Weg zum Throne zu bahnen. Allein Fürft Windifch Grätz in
Prag, der von allem Anfang in der erften Linie des Vertrauens geftanden
hatte und jetzt die maßgebende Stimme führte, rieth davon ab, einen
fo einfchneidenden Act wie die freiwillige Begebung des Thronrechtes
ohne bringendfte Nothwendigkeit vor fich gehen zu laffen. Diefer äußerfte

Fall trat erst ein, als mit dem Losbruche des wilden October-Auf-
standes die kaiserliche Familie zum zweitenmal aus der Nähe ihrer
Residenz gescheucht wurde, und Kaiser Ferdinand nun hartnäckiger
als je darauf bestand, der Last einer Krone enthoben zu werden, die ihn
nur mit Leid und Kummer drückte. Der Aufenthalt des Hofes war jetzt
Olmüz. Das Kaiserpaar, so wie Franz Karl mit seiner Gemahlin
und dem jüngsten Prinzen war im fürst-erzbischöflichen Palais unter-
gebracht, und alltäglich sah man den Erzherzog, meist mit der Erzherzogin und dem sechshalbjährigen Ludwig Victor, ihren Rund-
gang um die Stadt machen. Die wenigen Begegner, die auf ihre ehr-
erbietige Begrüßung freundlichen Gegengruß des erzherzoglichen Paares
erhielten, hatten keine Ahnung, welch' ernste, tief greifende Gemüths-
bewegungen das Innere der erlauchten Personen erfüllten, die sie in
ihrer Mitte weilen sahen. Die Lage des Reiches war, das konnte sich
allerdings jeder Uneingeweihte sagen, bedrohlicher als je. Die politische
Krisis war auf ihren Höhepunkt gelangt, die Entscheidung vor Wien war
zugleich die Entscheidung über das nächste, vielleicht über das bleibende
Schicksal der Monarchie. In der der Anarchie verfallenen Hauptstadt
war man sich dessen eben so wohl bewußt wie an allen andern
Orten des aufgewühlten Staates. Fortwährend kamen Einzelne, erschienen
Deputationen, trafen Botschaften aus den verschiedensten Theilen des
Reiches ein, die den Hof zu Entschließungen in ihrem Sinne zu bestimmen
suchten: die Einen huldigend, Treue und Anhänglichkeit bekundend, zu
unverbrüchlichem Ausharren der ihre letzten Kräfte aufbietenden Revolution
gegenüber mahnend; die Andern warnend, zur Nachgiebigkeit drängend,
Verzeihen und Vergessen alles Geschehenen, Pactiren mit den in der
empörten Reichshauptstadt waltenden Mächten auf das eindringlichste
empfehlend. All' diese so mannigfaltigen, so verschiedenseitigen Anreger,
Bittsteller, Vermittler, Mahner, Rather suchten ihren Weg nächst dem
Kaiser zu dessen thronberechtigtem Bruder; ja der letztere hatte den
größern Theil dieser fortwährend einander ablösenden Vorstellungen und
Botschaften zu tragen, weil der Kaiser, gebrochen und leidender als je,

Schonung bedurfte und deshalb die Audienzen bei ihm auf das geringste Maß eingeschränkt werden mußten.

Allein neben diesen Mühen und Aufopferungen, die auch der außen Stehende wahrnehmen konnte, spielten sich, vor aller Welt verborgen, seelische Zustände und Kämpfe ab, die um so nagender, um so brennender wurden, je näher die Stunde der Entscheidung heranrückte. Am nagendsten, am brennendsten für den nächstberufenen Thronerben! Es war schön, es war edel, es trug den Lohn der Tugend in sich, mit Selbstüberwindung auf ein Gut zu verzichten, das vor Gott und den Menschen sein eigen war, ohne seinen freien Willen ihm von niemand bestritten und vorenthalten werden konnte. Trat dazu die Erwägung, daß es ja niemand anderer als der vielgeliebte eigene Sohn war, zu dessen Gunsten der Erzherzog sein Nachfolgerecht aufgeben sollte, so war es andererseits, in s o l c h e r Zeit und angesichts einer völlig ungewissen nächsten Zukunft, nicht eben etwas beneidenswerthes, was der Erzherzog, erschüttert von allem was er in den letzten Monaten hatte sehen und erfahren müssen, auf jüngere Schultern, auf ein von Sorgen und Kümmernissen noch freies Haupt zu übertragen im Begriffe stand. Aber d u r f t e er dies nach seinem Gewissen thun?! War es ihm erlaubt sich einer Bürde zu entschlagen, einem Pflichtenkreise nach leichter eigener Wahl zu entziehen, den die alt=ehrwürdige Einrichtung des Erb= und Thronfolge=Rechtes ihm als dem Nächstberufenen aufgespart hatte?! Und all die weisen überlegenden wohlmeinenden Berather, die ihm solches Handeln als durch die Zeit= umstände geboten darstellten, waren sie mit ihrem Meinen und Dafür= halten nicht etwa in Irrthum?! Mehr als alles andere war es das Bild seines verklärten Vaters, des Kaisers F r a n z, der ihm von je das höchste war was er auf Erden kannte, das sich zwischen seine Zweifel drängte. „Was würde Er, der ehrwürdige Verstorbene dazu sagen, wenn sich der Sohn einem nach Natur und Gesetz ihm auferlegten Beruf entschlüge, die Uebernahme von Pflichten abwiese, deren Erfüllung ihm der Hochselige noch in seinen letzten Stunden so heilig an das Herz gelegt hatte?!“ Mehrere Tage hindurch währte der innere Kampf, ernst

ging der Erzherzog mit sich zu Rathe, widmete lange Stunden weihe=
vollen Betrachtungen. Da war es ihm, als er eines Tages tief ergriffen
im Gebete lag, als sähe er den verklärten Vater wie er segnend seine
Hände auf das jugendliche Haupt des Enkels lege, und von diesem
Augenblicke war sein Entschluß gefaßt.

Am 2. December 1848, in der fürst= erzbischöflichen Residenz zu
Olmütz, erfolgte der staatsrechtliche Act, durch welche die österreichische
Kaiserkrone von dem lebensmüden Träger derselben, an dem nachfolge=
berechtigten Erzherzog vorbei, auf dessen ältesten Sohn überging, der
somit als Kaiser F r a n z J o s e p h I. den Thron seiner Väter bestieg.
Erzherzog F r a n z K a r l war dadurch vom Kaiser=Bruder zum
Kaiser=Vater geworden und blieb von da an zu den beiden lebenden
Kaisern in jenem innigen und herzlichen Verhältnis, das ihm die
Bande des Blutes anwiesen. Von dem Augenblicke des Regierungs=
antrittes seines Sohnes ließ er, in den schweren prüfungsvollen Zeiten
die jetzt folgten, keinen Anlaß vorübergehen, dem jugendlichen Monarchen
Sympathien zuzuführen, Personen seines Vertrauens aufzufordern in
ihren Kreisen dafür zu wirken, daß man dem jungen Kaiser Ver=
trauen und guten Willen entgegenbringe, dessen Absichten gewiß nur
die besten seien, der nur das Heil seines Staates und seiner Völker
zum Ziele habe. Alljährlich ein= oder mehreremal fand er sich auf dem
Hradschin bei seinem kaiserlichen Bruder ein, und verbrachte daselbst
einige Tage in trautem Beisammensein. Es war jederzeit eine Freude
für die Prager den leutseligen Erzherzog zu begrüßen, der zumal,
schon vor der achtundvierziger Zeit, als „slavenfreundlich" galt. Erschienen
die beiden Brüder in der Kaiserloge des ständischen Theaters, so begrüßte
sie Zuruf aus den Logen, von den Sitzen, von den Galerien des freudig
erregten Hauses.

*　　*　　*

Mit der Thronbesteigung seines Erstgebornen trat Erzherzog F r a n z
K a r l, von allen folgenden Regierungshandlungen und Geschäften fern,
in den Kreis jener gemeinnützigen,. Wohlthaten nach allen Seiten
spendenden Thätigkeit zurück, in welchem er sich schon bei Lebzeiten seines
kaiserlichen Vaters so warme und dankerfüllte Sympathien errungen hatte.
Damit verband er das lebendigste Interesse, die innigste Theilnahme an
allen Ereignissen und Wechselfällen, die seinen kaiserlichen Sohn und
dessen Regierung trafen. Immer zeigte er sich bestrebt, den Sünn der
ihm Nahenden zum Guten zu lenken, für seine eigene Person dazu bei-
zutragen was in seinen Kräften stand. Diese Herzensstimmung führte
ihn denn auch an die Spitze eines Vereines, dessen Zweck und Ziele
durchaus seinem patriotischen Sinne zusagten.

Mitten in den Wirren des Jahres 1848 hatte sich ein Kreis von
Männern zusammengefunden, um einen Verein zu gründen, der durch
Veranlassung und Herausgabe guter Druckschriften Vaterlandsliebe,
Achtung vor dem Gesetze, aber auch feinere Sitte und Bildung unter
einem Volke verbreiten sollte, bei welchem sich in den Zeiten der politischen
Aufregung Erscheinungen und Merkmale so großer Abirrung und Ver-
wilderung gezeigt hatten. Ferdinand und Peter Ritter von M i t i s,
die Freiherren Karl und Dr. Gotthard von B u s c h m a n n und Franz
von R i e s e l, Franz A c k e r m a n n, Louis Edler von H a a n, Joseph
und Peter Ritter von M e r t e n s, Johann Adolph H a n k e von
H a n k e n b e r g, der Buchhändler Friedrich B e c k, der Buchdrucker
Franz P i c h l e r u. a., im ganzen 29 Personen, hielten am Abend des
27. Januar 1849 die erste constituirende Versammlung bezüglich. der
Bildung eines „Vereines zur Wahrung und Beförderung der Civilisation"
ab, der erst den langathmigen Titel „zur Verbreitung von Druckschriften
in Absicht auf Volksbildung im Sinne der Civilisation und des mon-
archisch-constitutionellen Regierungs-Princips", und dann den etwas
kürzeren „zur Verbreitung von Druckschriften für Volksbildung" erhielt;
in der gewöhnlichen Sprechweise hieß er bald kurzweg „Volksschriften-
Verein", welchen Titel er heute amtlich führt. In der siebenten General-

Versammlung am 18. Mai 1854, Obmann Hofrath Karl Ritter von
K r a t k y, stellte Joseph F e i l, Ministerial-Secretär für Cultus und
Unterricht, den Antrag auf Gewinnung eines Protectors, unter dessen
hohem Schutz und Schirm der Verein seine segensreiche Wirksamkeit in
stets weiteren Kreisen entfalten könnte; dem Ausschusse und der Direction
wurde es anheimgegeben die dahin abzielenden Schritte zu übernehmen.
Am 27. Juni darauf hatte K r a t k y eine Audienz beim Erzherzog Franz
K a r l, dem er die Bitte vortrug das Protectorat zu übernehmen,
und am 28. November war er in der freudigen Lage, dem Ausschusse die huldvolle Annahme seitens des kaiserlichen Prinzen bekannt
zu geben. „Der Wortlaut der höchsten Entschließung vom 20. November 1854", so sprach der Vorsitzende in der am 31. Mai 1855
abgehaltenen achten General-Versammlung, „geht dahin, daß Se. kaiserl.
Hoheit das Protectorat über diesen Verein in so lang huldreichst zu
übernehmen geruhe, in so lang derselbe dem Zwecke seiner Gründung
wie bisher entsprechen wird, und die höchste Entschließung hat daher für
uns in doppelter Beziehung einen unschätzbaren Werth: einmal als Pfand
der besonderen Gnade dieses hohen Gliedes der kaiserlichen Familie
unseres nunmehrigen erhabenen Protectors, sohin aber auch als eine,
von so hohem Orte ausgehend, mit dem feurigsten Danke entgegen-
zunehmende Anerkennung der bisherigen Leistungen des Vereines, eine
Anerkennung die unsern Verein zu unverdrossenem Fortschreiten in der
eingeschlagenen, wenn auch hie und da nicht ganz dornenlosen Bahn
begeistern wird, begeistern muß!"

Wie bei jeder menschenfreundlichen und gemeinnützigen Unternehmung,
für welche das Interesse des edlen Erzherzogs gewonnen worden, so hat
derselbe auch dem österreichischen Volksschriften-Verein, seit dem Augenblicke da er die Schutz- und Schirmhoheit über denselben übernommen,
seine volle Sympathie, seine regste werkthätige, jederzeit rath- und hilfe-
bereite Theilnahme zugewendet. Unter allen literarischen Unternehmun-
gen, welche der Verein im Laufe der Jahre in's Leben gerufen, war
es keine, die dem Erzherzog mehr am Herzen lag als die „Oester-

reichische Geschichte für das Volk", jenes nach einem umfassenden Plane
angelegte Werk, das in einer Reihe von Einzelndarstellungen, jede
von einem andern Historiker bearbeitet, die vaterländischen Geschicke
von den ersten Anfängen geschichtlicher Kenntnis bis zum Ende der
Napoleonischen Gewaltherrschaft in einer volksthümlichen, aber zugleich
für jeden Gebildeten anziehenden und lehrreichen Weise zu behandeln
bestimmt war. Für ein so ausgedehntes, unter so viele Köpfe vertheiltes
Unternehmen konnten allerhand Hemmnisse und Stockungen nicht aus-
bleiben, wobei auch die finanzielle Seite mitunter ihre bedenkliche Rolle
spielte. Da war es der erlauchte Protector, an dessen Großmuth
die Vereinsleitung nie ohne Erfolg sich wandte, und welchen dieselbe
stets huldvoll bereit fand über zeitweilige Schwierigkeiten und Verlegen-
heiten hinauszuhelfen. Vom Anbeginn hatte der Erzherzog für Vereins-
zwecke einen jährlichen Beitrag von 100 fl. gewidmet; als der Verein
zuerst im Jahre 1863, vorzüglich aus Anlaß seines großen Geschichts-
werkes, in momentane Bedrängnis gerieth, spendete der Erzherzog weitere
500 fl. für die Zwecke dieser Publication, und der gleiche Betrag wurde
dann fast alljährlich, auf jedesmaliges Anfuchen der Direction, aus der
erzherzoglichen Casse flüßig vermacht. Das große vaterländische Geschichts-
werk hatte aber an Ihm nicht blos seinen freigebigen hochherzigen
Gönner. Er gehörte auch unter dessen eifrigste Leser, vorzüglich solcher
Partien, die seinem eigenen Erinnern näher lagen, und hier wieder
ganz besonders jene, die seinen über alles hochgehaltenen Vater, den
Kaiser Franz betrafen. Häufig war es der Sommeraufenthalt in Ischl,
wo gewisse Morgenstunden dieser Lectüre gewidmet wurden, und wobei,
wie Schreiber dieses aus des Erzherzogs eigenem Munde weiß, dessen
erlauchte Gemahlin die Vorleserin machte.

4.

Die Tages- und Jahres-Eintheilung des Erzherzogs Franz
Karl, seit er keinen Antheil an den Regierungsgeschäften mehr hatte,

war eine sehr geregelte.*) In der Stadt und kältern Jahreszeit erwachte er um 7 Uhr morgens, verrichtete im Bette seine Morgenandacht und ließ sich dann ankleiden, was in einer Viertelstunde geschehen war. Nach eingenommenem Frühstück und getroffenen Anordnungen, was im Laufe des Tages zu geschehen habe, begab er sich um 9 Uhr in die Hofburg-Capelle und wohnte, aus einem seit Jahren ihm zum Gebrauche dienenden Andachtsbuche betend, der heiligen Messe bei. Die Zeit nach der Rück-

----

*) Hofstaat des Erzherzogs Franz Karl seit Anfang der Fünfziger-Jahre:

Obersthofmeister: Ferdinand Graf Wurmbrand-Stuppach, k. k. Obrist i. d. A. (1872 GM).

Kammerherr, seit 1859 Kammer-Vorsteher: Karl Freiherr v. Reischach, k. k. Obrist i. d. Armee (1860 GM. † 1874).

Adjutant: Joseph Freiherr v. Diller, k. k. Major (bis 1866, wo an Stelle des Adjutanten ein zweiter Kammerherr trat).

Kammerherrn: 1859 Joseph Graf Rzyszczewski; 1872 Graf Karl Bombelles, k. k. Linien-Schiffs-Capitän.

1865 Ludwig Graf Waldburg-Zeil-Trauchburg.

Hof- und Cabinets-Secretär: Regierungsrath Christoph Columbus (1865 Ritter von, 1874 Hofrath und Freiherr).

Secretariats-Official: Adolph Zinner.

Kammerdiener: Christoph Fleischhacker; 1855 Michael Eberl; 1858 Johann Eisenhut.

Mathias Heindl; 1855 Joseph Zaller.

Kammer-Thürhüter: 1855 Johann Eisenhut; 1857 Thomas Heindl; 1875 Franz Brey.

Saal-Thürhüter: Simon Rieber; 1859 Joseph Eberhard.

Kammerheizer: Joseph Zaller.

Leiblakai: Ferdinand Zach.

Büchsenspanner: Johann Eisenhut.

    Joseph Eberhard.

    Thomas Heindl.

1 Leibwäscherin.

bis 1855.

Seit 1855: 4 Leiblakaien.

    1 Zimmerputzer.

    1 Hausknecht.

    1 Kammerweib.

kehr in seine Appartements wurde der Durchblätterung der Journale,
„Wiener Zeitung", „Preſſe", „Fremdenblatt", „Oeſterr. Volksfreund",
und anderweitiger Lectüre gewidmet, bis um 11 Uhr die Zeit der
Audienzen begann.

Da ich als Obmann (Präſident) des Volksſchriften-Vereins —
ſeit dem Rücktritt Kratky's 1860 — mindeſtens einmal im Jahre
mich der Gnade erfreute, vom Erzherzog empfangen zu werden, ſo iſt es
mir vielleicht geſtattet einige Züge aus dem Audienzleben des verſtorbenen
Gnädigſten Herrn hier einzuflechten. Es war am 24. Mai jenes Jahres,
wo ich mich Ihm als dem erlauchten Protector unſeres Vereines in
meiner neuen Eigenſchaft vorſtellte. Er empfing mich ungemein freundlich,
ſagte daß er mich ſehr wohl kenne, und war bald mitten in ſehr
munterer Geſprächigkeit, wobei ihm ſogar das Wort „Teufel" entſchlüpfte;
er hatte ſich zuvor entſchuldigt und ſprach es etwas leiſer, indem er
überdies, gleichſam um den Ton noch mehr zu dämpfen, die Hand vor
den Mund hielt. Ich erinnerte mich unwillkürlich an dieſe faſt ſcheue
Zurückhaltung des Erzherzogs, als mir, in mein Bureau zurückgekehrt,
Baron Schaguna, der martialiſche Biſchof aus Siebenbürgen —
„the squire-bishop" (Syneſius von Kyrene) aus Charles Kingsley's
„Hypatia"! — gemeldet wurde, der im eifrigen Reden ein „Ah Teufel!"
herausſtieß, ſo klar und kräftig, wie man es ſonſt nur in Wachtſtuben
oder auf dem Exercierplatz zu vernehmen bekommt. Um wieder auf unſern
leutſeligen Erzherzog und deſſen Audienzen zu kommen, ſo wußte er für
jeden, der vor ihm ſtand, ſeine Stoffe zu wählen. Da er mich als Böhmen
kannte, war es faſt regelmäßig daß er das Geſpräch auf mein Heimat-
land führte, beſonders wenn er kurz zuvor auf Beſuch in Prag geweſen
war, wo er nie unterließ zu verſichern, wie ſehr er die Böhmen hoch-
halte und wie es ihn alljährlich freue einige Tage in ihrer Mitte
zuzubringen. Da ich lange Jahre in der Verwaltung gedient hatte, ſo
gab das neue Anknüpfungspunkte für die Unterhaltung. Der Erzherzog
war in dieſer Richtung entſchieden „laudator temporis acti", indem er
den Ernſt, die Umſicht und Gewiſſenhaftigkeit herausſtrich, die der

damalige Beamte, gewohnt auf Grund der „Prioren" zu arbeiten, den
Geschäften entgegenbrachte, und es bereitete ihm, so mild und gutmüthig
er sonst war, eine Art Genugthuung, wenn es sich traf, daß unter den
neuen Verhältnissen nicht alles so tadellos bestellt war. „Ich hätte können
umfallen, wie man auf Wienerisch sagt", äußerte sich der Erzherzog in
einer solchen Stimmung, „als neulich einer der jetzigen Herren, ich will
ihn nicht nennen, meinte: alles alte sei schlecht, mit den alten Beamten
sei nichts anzufangen. Ich erwiderte ihm darauf: ,Ich bin durchaus
nicht gegen das Neue, ich wünsche den Fortschritt; aber, daß unsere
frühern Beamten nichts taugten und daß man sie zu nichts verwenden
könne, kann ich nicht zugeben.' Da haben wir dann", fuhr der Erzherzog fort, „über unsere Salzerzeugung gesprochen. Ich wüßte sehr wohl,
habe ich ihm gesagt, daß das preußische Salz wohlfeiler sei, aber darum
dürfe man unsere Werke nicht aufgeben und Tausende von Leuten brod-
los machen; wir sollten vielmehr schauen, daß sie unser Salz eben so
wohlfeil bereiten. Das aber wollte der Herr nicht zugeben, sondern
meinte, die Leute sollten Baumwollwaaren erzeugen. Als ich ihm darauf
bemerkte, das gehe denn doch in jenen Gegenden nicht, und ihn fragte
ob er die Verhältnisse dort kenne, gestand er mir daß dies nicht der
Fall sei. ‚Ja sehen Sie', habe ich darauf mir erlaubt ihm zu sagen
— es war vielleicht unartig von mir, aber ich habe es nicht unterdrücken
können — ‚wenn ich einen der Beamten, wie wir sie früher hatten, um
etwas gefragt habe, wußte er mir genaue Auskunft zu geben und kannte
alle Verhältnisse der Sache, um die es sich handelte'. Hierauf", schloß
der Erzherzog mit einem leichten Lächeln, „hat mir der Herr nichts mehr
zu sagen gewußt." . . . Ein anderesmal erzählte er mir, er habe jüngst mit
einem Statthalter gesprochen — wieder nannte er keinen Namen, doch
konnte ich mir beiläufig denken wen er meine —, den er auf ein gewisses
Schriftstück aufmerksam gemacht, worauf jener gemeint habe, ein solches
existire nicht. „Ich aber", sagte der Erzherzog zu mir, „weiß es aus
der Zeit, da ich noch in Geschäften war, so deutlich, wie daß ich hier
im Zimmer stehe, daß das Document existirte und daß es da und da

aufbewahrt gewesen. ,Meines Wissens', setzte ich hinzu, ,ist jenes Archiv seither nicht abgebrannt, und es wäre doch sonderbar, daß jemand gerade an dieser Urkunde einen Diebstahl begangen haben sollte!' Aber das muß ich sagen", fuhr der Erzherzog gegen mich fort, „dieser Herr war so ehrlich, daß er mir, da er vor einiger Zeit wieder bei mir erschien, offen bekannte, das Document habe sich gefunden; er sei vordem von seinen Beamten nicht gehörig unterrichtet gewesen. Ich sagte ihm darauf: es sei doch sehr zu bedauern, daß man in der Provinz um so wichtige Urkunden nichts wisse und denselben keine Beachtung schenke" . . . Franz Karl ließ sich, wie man aus diesen Beispielen ersieht, in seinen Gesprächen ganz frei ergehen, und da er eben so zwanglos Gegenrede gestattete, ja gewissermaßen dazu aufforderte, so wird man mir es glauben, daß es mir jedesmal als ein Tag mit einem weißen Steinchen zu bezeichnen erschien, wenn mir der Anlaß ward vor Ihm zu erscheinen, und das war sicher bei jedem der Fall, der das Glück hatte, öfter mit dem guten freundlichen herablassenden Herrn zu verkehren.

Doch schreiten wir in der Wiener Tagesordnung des Erzherzogs weiter vor. Gegen 1 Uhr erfolgte die Ausfahrt in der allen Wienern wohlbekannten Kaiser-Carrosse mit den sechs prächtigen Schimmeln, von Kutschern in hohen Glanzstiefeln geritten und gelenkt. Franz Karl sprach im geschäftlichen und geselligen Umgang ein ganz gutes Deutsch, obwohl der Wiener niemals zu verkennen war. Aber im Verkehr mit Leuten der schlichteren Volks-Classen kam es ihm auf einen ächten Vorstadt-Ausdruck nicht an, und so gehörte es, wenn er sich anschickte seinen Sitz im Wagen zu besteigen, zu seinen beliebten Redensarten: „Laß' ma's füri geh'n!" . . . eine Thury-Wendung für das englische „All right!" Alsbald ging's „füri", und von weitem schon vernahm und gewahrte man was sich da heranbewegte, und alles lief an dem Weg zusammen, um den pomphaften Zug immer wieder von neuem zu sehen, vor dem freundlichen Herrn in Civilkleidern, der im Wagen saß, den Hut zu ziehen und von ihm den Gegengruß zu empfangen. Der

Erzherzog liebte die Menge, es war ihm Herzensbedürfnis von jeder-
mann gesehen und gegrüßt zu werden, und darum wurde die Ausfahrt
regelmäßig so eingerichtet, daß der sechsspännige Wagen über den innern
Burgplatz fuhr, während daselbst die Militär = Musik spielte, worauf diese
die angefangene Pièce unterbrach und die Kaiser = Hymne anstimmte,
während der um sie gegliederte dichte Kreis sich löste, um vor dem
vorbeifahrenden Erzherzog Spalier zu machen. Die Fahrt durch die
engeren menschenerfüllten Straßen der innern Stadt, aber auch die viel-
belebte Jägerzeile hinab, war nicht ohne Schwierigkeit, und die reitenden
Kutscher hatten oft ihre liebe Noth, ihr Gespann in ununterbrochenem
gleichmäßigen Tempo zwischen den zahlreichen Kutschen und Fiakers, den
schwerfälligen Omnibus und den ungelenken Tramways heil durchzubringen.
Die Kutscher bezogen für jede solche Fahrt nach altem Herkommen
Diäten, und dies, damit sie nämlich nicht um die gewohnten Sporteln
kämen, war mit ein Grund warum der Erzherzog den Sechserzug bis
an sein Lebensende beibehielt.

Die Fahrt ging in den Prater, in dessen Haupt = Allee zur Linken
ausgestiegen und dann, mit dem Obersthofmeister oder dienstthuenden
Kammerherrn zur Seite, der Marsch zu Fuß angetreten wurde. Nur
wenn das Wetter zu schlecht, ließ der Erzherzog statt in den Prater nach
Schönbrunn fahren, in dessen Park er sich trotz Schnee und Regens
erging. Denn er war ein unermüdlicher Spaziergänger, welche Eigenschaft
er nicht eben bei jedem voraussetzen konnte und bei seiner angebornen
Herzensgüte nicht immer in Anspruch nehmen wollte. Dann ließ er wohl
seiner Kammer sagen, er werde heute nicht ausfahren; er that es aber
doch, und zwar allein, gleichsam als habe er sich eines andern besonnen
und könne den Befehl wegen der Begleitung nun nicht mehr ertheilen;
er wollte eben niemand beleidigen! Im Prater und in Schönbrunn
kannte er jeden Baum, aber auch all die gewöhnlichen Spaziergänger
die ihm da entgegenkamen; es fiel ihm jeder auf, den er mehr als einmal
sah, und wenn es irgend thunlich, mußte seine Begleitung es auskunden
wes Namens und Standes der Betreffende sei. So nahm er auch jeden

Wechsel wahr, der in der gewohnten Umgebung etwa vorgefallen. Zur
Rechten vom Haupteingange in die Prater-Allee bestand früherer Zeit
eine Schmiede, vor der man eines Tages eine unruhige Versammlung
von allerhand Leuten sah. Einer der Bedienten erhielt den Auftrag sich
nach dem Anlaß zu erkundigen; der Schmied, hieß es, schulde 400 Gulden,
die er nicht zahlen könne und um derenwillen er gepfändet werden solle.
Als Franz Karl am andern Tage zur bestimmten Zeit in den Prater
fuhr, war alles im alten Stande. „Sehn's“, sagte der Erzherzog zu
seinem Begleiter, „der Schmied treibt wieder sein Geschäft!“ Er sagte
aber nicht, daß er dem Schuldner die 400 Gulden geschickt und ihn damit
aus seiner Noth erlöst hatte.

Der Ruf von dieser angebornen Herzensgüte, von diesem fast un-
erschöpflichen Wohlthätigkeitstrieb machte den Erzherzog mehr und mehr
zur Zielscheibe aller Art von Bettelei. Wie oft geschah es, daß ihm auf
der Promenade Gesuche überreicht oder auch mündlich vorgetragen wurden,
wobei er das Einschreiten der Polizei, die Auftrag hatte derlei Zudring-
lichkeiten abzuhalten, in keiner Weise duldete. So wußte er auch in der
schönen Jahreszeit das Augenmerk der Hofburgwache, die in den Schön-
brunner Räumen keine Bettelei dulden sollte, mehr als einmal dadurch
abzulenken, daß er solchen, die ihm ihr Anliegen vortragen wollten, an
einem bestimmten Platz des Parkes das Stelldichein gab. Lag die Ge-
währung der Bitte in seiner Macht, so erfreute den Gesuchsteller ein
freundliches: „Von Herzen gern“, und das war keine bloße Redensart;
wenn der Erzherzog half und gutes that, so geschah es wirklich „von
Herzen gern.“

Ausfahrt und Fußmarsch währten bis gegen 4 Uhr, worauf ein
Stündchen der Lectüre gewidmet wurde. Um 5 Uhr war Tafel. Außer
seiner erlauchten Gemahlin, dem erzherzoglichen Obersthofmeister oder
Kammerherrn vom Tage und der dienstthuenden Hofdame der Frau
Erzherzogin waren gewöhnlich drei bis vier Personen geladen; denn da
Franz Karl Menschen liebte, liebte er auch Gäste und Tischgespräch.
Der Stoff wurde vom Erzherzog oder der Erzherzogin durch Anknüpfung

mit einem der Geladenen eingeleitet, wodurch die Conversation, da auch
die Andern ihre Bemerkungen einmischten, eine allgemeine wurde. Denn
es war von Seite der höchsten Herrschaften dafür gesorgt nur solche
Themata anzuschlagen, durch die sich niemand beengt oder beschwert fühlen
konnte; persönliche Verhältnisse des Angeredeten, Stadtereignisse von
allgemeinem Interesse, Theater, neue Erscheinungen der Literatur u. dgl.
gewährten ausreichende Abwechslung. War einer der Tafelgenossen ein
Würdenträger aus der „Provinz", so bot diese einen willkommenen
Gesprächsstoff, wobei der Erzherzog mit einer eben so anmuthigen als
anspruchslosen Selbstgefälligkeit Proben seiner enormen Detail-Kenntnis
zu geben wußte. Als ich eines Tages die Ehre hatte zugleich mit dem
gegenwärtigen Statthalter von Dalmatien zur erzherzoglichen Tafel gezogen zu sein, kam Franz Karl auf jene Reise zu sprechen, die er
zwei bis drei Decennien früher in den Süden des Reiches unternommen
hatte, und wußte jede Station, die er dabei berührt, mit Namen zu bezeichnen und allerhand Einzelheiten daran zu knüpfen, so daß Baron
Rodich nach der Tafel gegen uns Andere im Vertrauen äußerte: „es
sei geradezu staunenswerth, wie der Gnädigste Herr Dinge in der Erinnerung
behalte, deren Auseinandersetzung selbst den Einheimischen in Verlegenheit
genauer Auskunft setzen könnte."

Den Abend widmete der Erzherzog fast regelmäßig dem Besuche
des Theaters, wobei das der Hofburg in erster Reihe stand. Aber auch
Novitäten der Vorstadt-Theater gingen nicht leer aus, wobei er jedesmal
sein Erscheinen voraus ankündigen ließ. Das Stadt-Theater, dessen
gefeierter Director bei Franz Karl in großer Gunst stand, erfreute
sich häufigen Erscheinens von seiner Seite; fand er an einem neuen Stücke
besondern Gefallen, so erschien er auch wohl bei der zweiten Vor-
stellung. An Beifall für die Darstellenden ließ er es nicht fehlen; es that
ihm wohl solchen zu spenden und dann, in seine Appartements zurückgekehrt, seiner Umgebung mitzutheilen: „Heut' hab' i wieder 'pascht!"

In unserem Kaiserhause ist früh aufstehen und zeitlich zu Bette
gehen hergebracht. Von letzterem machte Erzherzog Franz Karl nur

etwa in der Faschingszeit eine Ausnahme, wenn er die Redoute am
sogenannten fetten Donnerstage besuchte, auch die Blinden=Redoute ge=
nannt, weil sie M a n u s s i zum Besten der beiden Blinden=Institute in
Scene zu setzen pflegte. Da verweilte der Erzherzog auch wohl bis
2 Uhr Nachts, immer mit Masken beschäftigt, die sich herandrängten,
um ihn mit Fragen und Neckereien zu bestürmen. Es waren häufig
Künstlerinen vom Theater, aber auch Damen vom Hofe; selbst die Erz=
herzogin S o p h i e soll sich ein und das anderemal vermummt haben, um
ihren Gemahl zu ihrem und zu seinem Vergnügen zu intriguiren. Und
jedem unbetheiligten Dritten gewährte es Freude, den lieben freund=
lichen Erzherzog da stehen zu sehen, meist die Hände über dem Rücken
ineinander gehalten, das Haupt nach vorn geneigt und mit dem Lächeln
der Befriedigung den schelmischen Dingen horchend, die an den Mann
zu bringen man sich unter dem Schutze der Maskenfreiheit erlauben durfte.

Auf die frohe Faschingszeit folgte die Fasten, die der Erzherzog
mit frommem Ernste beging. Dahin gehörte der Besuch der Nachmittags=
Predigten in der Universitäts=Kirche; der gefeierte Kanzelredner P. K l i n=
k o w s t r ö m hatte wenig aufmerksamere und erbautere Zuhörer als den
Erzherzog und die Erzherzogin. Regelmäßig betheiligte sich ersterer auch
an den Feierlichkeiten der Charwoche, von der Speisung der Armen
am Gründonnerstage, denen der hohe Herr mit rührender Beflissenheit
Schüssel und Becher reichte und dann die gewaschenen Füße trocknete,
bis zum Toison=Fest am Ostersonntage, wo alles in Freude und
Herrlichkeit glänzt. Seine Gemahlin wohnte diesen kirchlichen Hand=
lungen gewöhnlich von ihrem Oratorium aus bei.

* * *

Den Schluß des Winteraufenthaltes bildete in der Regel der
1. Mai, wo es dem Erzherzog Herzensfreude war, die kaiserliche Familie
in seinem Rosengarten links vom Haupteingange des Praters um sich
zu sehen und in dem Pavillon desselben zu bewirthen. Seit langen
Decennien zählt dem Wiener ein schöner 1. Mai zu den Seltenheiten,

das Praterfest der kaiserlichen Familie aber unterblieb auch bei ungünstiger Witterung nicht; der Vater des Kaisers hielt darauf, daß die hergebrachte Uebung keinen Abbruch erleide.

Nach dem 1. Mai erfolgte gewöhnlich die Uebersiedlung nach Schönbrunn, wo die erzherzogliche Familie die ersten Wochen der schönen Jahreszeit zubrachte. Franz Karl bewohnte daselbst den ersten Stock des linken Flügels, von der Hofseite gerechnet, über jenen ebenerdigen Appartements, die von der zweiten Hälfte der sechziger Jahre der Kronprinz zu bewohnen pflegte. Der Erzherzog erging sich im Parke mit Lust, häufig ohne alle Begleitung, und manche Anekdoten knüpften sich im Volksmund an diese Spaziergänge. So von jenem Manne aus dem Volke, von welchem er um den Weg nach Hietzing gefragt wurde. „Kommen S' nur mit mir", sagte der Erzherzog, „ich geh auch dahin." Unterwegs ließ er sich von seinem Begleiter dessen Lebensumstände erzählen; es war ein „Huterer" von Gewerb, dem es nicht zum besten ging. Franz Karl beredete ihn mit ihm in's Schloß zu gehen, wo er ihn warten und ihm dann einen größeren Betrag einhändigen ließ. Ein andermal, da sich der Erzherzog allein im Parterre des Parkes erging, trat er, um eine Blume näher zu besehen oder zu pflücken, in den Rasen hinein, worauf ein Mann der Hofburgwache herbeikam, um ihn aufmerksam zu machen, daß dies nicht gestattet sei. Der Erzherzog sagte nichts, ging weiter und trat bald darauf wieder an ein Beet, aus welchem er eine Blume nahm. Jetzt kam der Wachmann, der ihn nicht aus den Augen gelassen, auf ihn losgestürzt: „er müsse ihn arretiren." „No no", sagte der Erzherzog, „so geh' i halt mit." Der diensteifrige Soldat wollte vor Scham und Schrecken in die Knie sinken als er, auf der Wachtstube angelangt, belehrt wurde, gegen wen er da so streng verfahren sei. Der Erzherzog nahm den Mann in Schutz, erklärte er habe nur seine Pflicht gethan, und verbat es sich ausdrücklich daß über denselben eine Strafe verhängt werde. Wenn ihn etwas bei dem Auftritte wurmte, so war es der Gedanke, daß der Soldat den Vater seines Kaisers nicht gekannt habe. Der Erzherzogin Sophie aber, der

er lachend die Geschichte erzählte, sagte er: „Schau, jetzt weiß ich doch
wie einem ist, wenn er eing'sperrt werden soll!“

Die Sommer=Monate, meist bis tief in den Herbst hinein, wurden
alljährlich in Ischl zugebracht, das sein schönes und rasches Aufblühen
gewiß zu einem großen Theile diesem erzherzoglichen Aufenthalte verdankt. Franz Karl stand in Ischl schon um halb 7 Uhr auf und
hörte um halb 8 die Schulmesse, da ihn der Gesang der Kinder labte
und erquickte. Jeden Freitag wurde außerdem der Kalvarien=Berg bestiegen, dessen Capelle er sich von dem daselbst hausenden Weibe auf-
sperren ließ. Am Sonnabend galt der fromme Besuch, wo immer der
Erzherzog des Sommers weilte, einer benachbarten Wallfahrtskirche: so
von Ischl nach Maria=Laufen, von Salzburg nach Maria=Plain, von
Innsbruck nach Maria=Absam, von Schönbrunn nach Maria=Hietzing. Es
war da immer eine Messe für ihn bestellt, und daß die Dienstthuenden,
vom celebrirenden Geistlichen bis zum Kerzelweib herab, nicht schlecht
dabei wegkamen braucht nicht gesagt zu werden. An die Stelle der
Prater= und Schönbrunner=Fahrten traten in Ischl Spaziergänge stunden-
weit in die Umgegend, wo er jedes Haus, jeden Busch und Hang, aber
auch fast jedes Bäuerlein und alte Mütterchen, ja jedes Kind kannte.
Entgegenkommende, an deren Gesichtsausdruck ihm etwas auffiel, wurden
angesprochen; in Hütten, wo er Gebrechliche oder Nothleidende wußte,
wurde eingetreten; die kleinen Leiden und Freuden des Einzelnen, aber
auch was die Feldwirthschaft und die Jahreszeit, die Verhältnisse der
Gemeinde im allgemeinen berührte, fanden an ihm einen theilnahms-
vollen Besprecher und, wo nöthig, Helfer und Unterstützer. Für diesen
Zweck nahm er sich täglich fünf Gulden in Banknoten und, war es ein
weiterer Spaziergang wie etwa nach Laufen, drei Fünfer=Banknoten und
einen Gulden in neuen Zehnkreuzerstücken mit. Reichte er damit nicht aus,
so mußte sein Kammerdiener oder Leiblakai aushelfen, dem es zu Hause
durch das Secretariat rückgezahlt wurde. Berieth er sich in einem
Falle mit seiner Begleitung wie viel etwa zu geben wäre und nannte
diese einen Betrag, so gab er gewiß mehr: „Er wird's schon brauchen,

er hat viel Kinder!" Hörte er von einer Krankheit oder sonst einem
Unglück in einer bedürftigen Familie, so säumte er keinen Augenblick ihr
die ausgiebigste Unterstützung zukommen zu lassen.

Bei den häufigen Promenade = Stegreif = Acten der erzherzoglichen
Wohlthätigkeit fehlte es nicht an komischen Intermezzos. Eines Abends,
da Franz Karl und seine Gemahlin auf dem Rückwege nach Ischl
waren, kam ihnen ein Mann entgegen der eine Kuh führte und ein sehr
trauriges Gesicht machte. Auf die Frage, was ihn bedrücke, erzählte
er, es sei heute Jahrmarkt in Ischl gewesen und er habe seine Kuh nicht
angebracht und wisse nicht, wo er das Geld hernehmen solle, die fällige
Steuer zu bezahlen. Der Erzherzog frug um den Preis der Kuh, sagte
dann, er kaufe sie ihm ab, und ließ dem überglücklichen Mann das Geld
dafür einhändigen. Er hatte noch nicht diesen Handel abgeschlossen, als
ein zweites Bäuerlein des Weges kam, mit dessen Kuh und Steuer es
ein ähnliches Bewandtnis hatte; der Erzherzog, einmal im Profitmachen
drin, kaufte auch dieses Stück. Der Lakai hatte nun zwei Kühe zu halten,
mit denen er, während der Erzherzog und die Erzherzogin ihren Heim=
weg fortsetzten, nicht wußte was er anfangen sollte. Franz Karl sah
sich ein paarmal um, bis die beiden Bauern eine ziemliche Strecke
entfernt waren; dann winkte er seinem Lakai und befahl ihm die Kühe
den Verkäufern wieder zurückzustellen. Diese meinten, den hohen Herrn
gereue der Handel, und waren nicht wenig erstaunt und erfreut, als
ihnen gesagt wurde, sie sollten ihre Kühe behalten und das Geld dazu.

Ein andermal, auf dem Rückwege aus Goisern, waren aus einem
der Häuschen nächst der Straße durchdringende Klagelaute zu vernehmen,
denen der Erzherzog nachging; er war diesmal allein und nur von
einem Leiblakai gefolgt. Letzterer wurde abgeschickt zu forschen was es
gebe und kam mit der Botschaft zurück, das Jammern und Wehklagen
rühre von der Bewohnerin des Häuschens her, der ihre einzige Kuh
umgestanden sei. Nun trat der Erzherzog selbst ein und suchte in seiner
herablassenden Weise das Weib zu trösten, indem er dabei meinte, wie
sie denn wegen eines gefallenen Viehes gar so lamentiren und schluchzen

möge. Das Weib erklärte, die Kuh sei ihr bestes Stück gewesen, die
reichlich vortreffliche Milch gegeben habe; „eine gute Kuh", setzte sie
auf weiteres Befragen hinzu, „komme auf 40 bis 80 fl. zu stehen; sie
indessen wäre schon mit einem Stück von 40 fl. als Ersatz für ihren
Verlust zufrieden." Der Erzherzog tröstete die fortwährend Weinende so
gut er konnte, und bestellte sie für den andern Tag in seinen Sommersitz,
wo er ihr einen Betrag von 80 fl. einhändigte. „A, Sö glaub'n gar
nöb, gnädiger Herr", sagte die nun vollkommen beruhigte Frau, „was
bös für a brave Kuh g'wesen is; wann ma mei Mann g'storben war,
war ma nöb so loab g'wesen wie um dö Kuh!" Der Erzherzog mußte
über diese treuherzige Charakterisirung ihres Schmerzes herzlich lachen
und pflegte noch in späteren Jahren, wenn es die Gelegenheit gab, bei
Tische von dem Weibe zu erzählen, dem die Kuh mehr werth gewesen
als ihr Mann. . . .

An Samstagen so wie am Vorabend vor einem heiligen Festtage
wohnte das erzherzogliche Paar dem üblichen Nachmittagsegen bei. Am
Abend aber mußte Franz Karl sein Theater haben, wie in Wien in
der Burg. Er unterstützte die spielende Truppe in der freigebigsten Weise,
indem er alle nicht verkauften Plätze für sich nahm, so daß der Director
Abend für Abend die Einnahme eines vollen Hauses hatte. Dafür behielt
sich der Erzherzog seinen Einfluß auf das Repertoir vor. Als er
einst erfuhr, daß sich unter den Mitgliedern der Truppe ein Affen=
Darsteller befinde, mußte sogleich „Der Affe als Bräutigam" einstudirt
werden, ein Stück, das in den vierziger Jahren für den bekannten
Kautschuk=Mann Klicnik abgefaßt worden war und in jener Zeit viel
Aufsehen gemacht hatte. Es übte auch jetzt noch auf das Ischler Publicum
seine Zugkraft, und der erzherzogliche Regisseur konnte mit seinem Einfall
zufrieden sein.

Unter den Punkten, wohin das erzherzogliche Paar von Ischl
Ausflüge unternahm, gehörte St. Wolfgang und dessen See. Es wurden
da auch Wasserfahrten unternommen, bis sich eines Tages ein Unfall
ereignete, der dem Erzherzog und seiner Gemahlin die Lust an diesem

Sport verleidete. Der König und die Königin von Sachsen befanden sich
bei ihnen auf Besuch und man war nach St. Wolfgang gefahren, um
sich über den See rudern zu lassen. Es waren alle Schiffe genommen
bis auf ein am Ufer liegendes altes Fahrzeug, das denn in Ermangelung
eines bessern bestiegen wurde. Man genoß aber nicht lang der schaukelnden
Bewegung, als man gewahrte, daß das lecke Schiff Wasser fing und
sich mit bedenklicher Raschheit füllte. Glücklicherweise war man nicht weit
gefahren, kehrte augenblicklich um und gelangte noch zur rechten Zeit
an's Ufer, da schon das Fahrzeug dem Untersinken nahe war... Die
Wasserfahrten auf dem See unterblieben seitdem, nicht so die Spazier=
gänge an dessen reizenden Gestaden. Eine große schattige Linde stand da
mit ihrer schön=profilirten blättervollen Krone, die dem Erzherzog von
jeher lieb war. Eines Tages wurde ihm zugetragen: der Baum solle
gefällt werden. Warum? Die Besitzer befänden sich in Noth und müßten
das Holz zu Geld machen. Sogleich sandte Franz Karl den nöthigen
Betrag und ließ sagen: „er kaufe den Baum.“ Hier aber wurde seine
Güte misbraucht. Denn die Sache wurde für die „schlichten Landleute“
(„Nos bons villageois“!) zu einer Speculation, und so oft sie einen
gewissen Betrag brauchten oder wünschten, gelangte an den Erzherzog
die Kunde: der schöne Lindenbaum müsse denn doch umgehauen werden.
Er wurde es aber nicht, so lang der gute Erzherzog lebte, denn der
„kaufte“ ihn immer von neuem...

Zu den größeren Ausflügen, die des Jahres mindestens einmal
unternommen wurden, und zwar in der Regel gemeinschaftlich von dem
erzherzoglichen Paare, gehörte die Wallfahrt nach Maria=Zell. Das
fromme Bedürfnis an doppelt geweihter Stelle die Sacramente des
Herrn zu empfangen, aber auch die Reize der Lage und Umgebung dieses
Gnadenortes und der Reise dahin, wirkten zusammen, den erlauchten
Gatten diesen Besuch zu einer angenehmen Pflicht zu machen. Ihr
Absteige=Quartier war die „alte Post“; die Beamten des Bezirks=
gerichts so wie des nahen Gußwerkes, dann die Geistlichen der Propstei
wurden abwechselnd zur Tafel gezogen.

Der Erzherzog und die Erzherzogin verlängerten ihren Aufenthalt in Ischl meist über die Saison der übrigen Sommergäste hinaus, gewöhnlich bis in die erste Hälfte November. Das Theater-Personale mußte auch so lang bleiben. Franz Karl unterhielt es jetzt allein, ließ die Billets unter die Bewohner des Ortes vertheilen und bestimmte die Stücke, die aufgeführt werden sollten. Auch die Musik-Capelle, die während der Kurzeit täglich auf der Promenade spielte, wurde behalten, um sich zur Mittagsstunde vor der erzherzoglichen Wohnung zu produciren. Aber auch ernstere Kundgebungen, die in diese Wochen fielen, fanden an dem Erzherzog einen gewissenhaften Theilnehmer. In Ischl herrscht die fromme Sitte, daß zu Allerheiligen nachmittags und an Allerseelen vormittags, 1. und 2. November, vom Ortspfarrer eine Procession auf den Friedhof geführt wird um dort für die Verstorbenen zu beten. Franz Karl unterließ es nie, sich an diesem Kirchengang zu betheiligen und den Weg hin und zurück selbst bei ungünstiger Witterung mit entblößtem Haupte zu machen.

*   *   *

Den Schluß der Sommer- und Herbstzeit bildete der Aufenthalt in Salzburg, wo bis zu ihrem Tode alljährlich die Kaiserin Karolina Augusta weilte und seither die großherzoglich-toscanische Familie ihren zeitweisen Sitz aufzuschlagen pflegt. Auch hier hatten die Armen und Bedürftigen die Anwesenheit des erzherzoglichen Paares zu segnen. Wenn Franz Karl den Brückensteg passirte erhielt der Mauthner jedesmal eine Fünfer-Banknote, und der Erzherzog mußte seine Spaziergänge so einzurichten daß der gute Mann oft genug zu diesem Feiertagsgelde kam. Eben so viel erhielten die Kirchleute von Maria-Plain für das jedesmalige Kehren der Stiege, so oft er diesen Wallfahrtsort besuchte. An Sonntagen wohnte er einer stillen Messe in der Franciscaner-Kirche bei, dann hörte er die Predigt im Dome und darnach wurde das Hochamt, wieder bei den Franciscanern, besucht. Mitunter gab es Concerte bei Hofe. Die berühmte Harfenspielerin Maria Mößmer war ein Schützling der

Kaiserin Karolina Augusta, welche das begabte Mädchen auf ihre
Kosten hatte ausbilden lassen. Seither hatte die Künstlerin den Grafen
Philipp Spaur geheiratet, und wenn die Gatten zugleich mit dem
erzherzoglichen Paare in Salzburg weilten, kam mitunter eine Einladung
sich bei Hofe einzufinden, zugleich mit der Bitte an den Grafen, er wolle
gestatten daß seine Gemahlin ihre Harfe mitbringe und den höchsten Herrschaften den Genuß ihres entzückenden und ergreifenden Spieles bereite.

Zu erwähnen ist schließlich daß der Erzherzog in Salzburg nicht
selten den Harun al Raschid spielte. In der guten Stadt Salzburg
pflegte es nämlich zu geschehen — es soll auch andere Orte unserer
Monarchie geben wo dergleichen vorkommt! —, daß die weisesten und
strengsten Sicherheitsvorschriften erlassen, aber von den berufenen Organen
nicht gewissenhaft überwacht und darum von den Verpflichteten nicht
genau befolgt werden. So lautet ein Gebot, daß kein Kutscher sein
Fuhrwerk auf der Straße allein lasse; aber die Fiakers und Einspänner
ließen es sich nicht nehmen, wenn sie ihren „Stand" in der Nähe einer
renommirten.Bierquelle hatten, Wagen und Pferd dem Schutze des frommen
Einsiedlers Fiacrius anzuvertrauen und sich in der Zwischenzeit im Felsen-
keller 2c. mit edlem Gerstensaft zu laben. Wenn nun der Erzherzog-Harun,
das Gebiet der Stadt durchstreifend, etwas dergleichen gewahrte, ließ
er unerbittlich die Anzeige machen und soll es in der That mit den
Jahren dahin gebracht haben, daß in der altberühmten Erzbisthums-
Stadt Polizei-Vorschriften nicht blos erlassen, sondern auch beobachtet
und eingehalten wurden.

5.

Vom Ende der Fünfziger-Jahre traf den Erzherzog manches, was
ihn tief und schmerzlich berührte.

Franz Karl konnte lieben und .. hassen? Nein, das konnte er
nicht; sagen wir lieber: er konnte auch nicht lieben, z. B. das preußische
Königshaus seit dessen freund-nachbarlichem Einfall in Böhmen 1866,
wozu es freilich — so sagten uns ja die preußischen Blätter! — durch

unsere drohende und herausfordernde Haltung gezwungen worden, und seit der Selbsterwerbung der deutschen Kaiserkrone 1871, die sich König Wilhelm als Eroberer auf's Haupt setzen lassen, nachdem sie zwanzig Jahre früher Friedrich Wilhelm IV. als Erwählter von der Hand gewiesen. In dem erzherzoglichen Paare wurzelte tief das alt-habsburgische Hochgefühl; von den manchen Schlägen, von denen das Reich ihrer Ahnen seit 1859 heimgesucht worden, hat Beide keiner so tief in das Innerste getroffen. Auch haben sie daraus kein Hehl gemacht. So alliirt und befreundet das österreichische und das preußische Herrscherhaus vordem gewesen, seit dem Riß von 1866 hat es das erzherzogliche Paar nie über sich vermocht mit einem Gaste von der Spree dieselbe Luft einzuathmen. „I bin nit bös“, pflegte Franz Karl zu sagen, „aber seh'n mag i sie nit!“ Kaiser Wilhelm und der Kronprinz sind seither wiederholt nach Oesterreich gekommen; Franz Karl und Sophie wußten es stets so einzurichten, daß sie für die Gäste aus dem Norden nicht zu finden waren. Wurde der deutsche Besuch für Ischl angekündigt, so verließen ein paar Tage früher der Erzherzog und die Erzherzogin den liebgewordenen Sommeraufenthalt, um erst später dahin zurückzukehren. Auch der große Kron- und Thron- . . . Annectirer von Italien, als er zu uns auf Besuch kam, hat es nicht dahin gebracht das Angesicht des Vaters unseres Kaisers zu schauen.

Im Jahre 1867 erfolgte die schauderhafte Katastrophe in Mexiko, deren brennenden Schmerz die beiden Ältern gemeinschaftlich trugen, bis am 28. Mai 1872 der Erzherzog von seiner treuen Gefährtin für dieses Leben verlassen wurde; es fehlten nicht ganz zwei und ein halb Jahre und sie würden die goldene Hochzeit haben feiern können. Franz Karl behielt die Damen, die zuletzt im Hofstaat seiner verstorbenen Gemahlin gewesen, in seiner Umgebung; sie bildeten seine stete Gesellschaft, sie waren die Begleiterinen auf seinen Ischler Ausflügen, sie gaben seine Vorleserinen ab, wie in den letzten Jahren die Erzherzogin Sophie dieses Amt verwaltet hatte. Auch im übrigen blieb Franz Karl seinen gewohnten Neigungen und Uebungen treu. Schenken und Gutes thun waren die Erquickung seines Herzens; wohlthätige Anstalten wurden besucht und bedacht, wo möglich noch reichlicher als früher. Eines Tages, da ich als Präsident mit Herrn Johann Nepomuk Waldschütz als erstem Vice-Präsidenten des österreichischen Volksschriften-Vereines Audienz bei unserem erlauchten Protector hatten, kam das Gespräch auf die Neubauer Volksküche, und Waldschütz erlaubte sich's Se. kais. Hoheit zu einer Besichtigung derselben einzuladen. Der Erzherzog sagte

vom Flecke weg zu, und in der That ein paar Tage darauf erschien er in Begleitung seines Obristhofmeisters und des Kämmerers Grafen Bombelles. Franz Karl ließ sich die Herren und Frauen des Comité's vorstellen, deren er nicht wenige durch Fragen über Namensvettern oder Anverwandte, die er in früherer Zeit gekannt, überraschte. „Da bin ich ja unter lauter alten Wienern", sagte er, „und ich bin selbst einer", fügte er bei. Er ging dann durch alle Räume, sprach hier einen dort einen der an den Tischen sich Labenden an, kostete von den für sie bestimmten Speisen, erkundigte sich nach den Verhältnissen der Anstalt. Das Loos der „kleinen Beamten" hatte ihm von jeher besonders am Herzen gelegen; ihre Lage, meinte er, sei ungünstiger als die der kleinen Gewerbetreibenden. Er erzählte, wie er in den ehemaligen Suppen-Anstalten wiederholt solche getroffen und wie ihn dies Elend tief gerührt habe: „hier in der Volksküche braucht sich niemand zu schämen, weil da nichts geschenkt wird." Beim Scheiden theilte Graf Wurmbrand der Vorsteherin Frau Th. Kilian mit, daß der Herr Erzherzog einen Betrag für die Anstalt angewiesen habe. In Ischl und Umgebung waren es besonders die Kinder-anstalten, denen Franz Karl seine freigebige Theilnahme zuwandte; er besuchte sie von Zeit zu Zeit, beschenkte die Kinder an Festtagen mit Zuckerwerk, Lebkuchen, ließ für den Winter jene, welche die Ortsschule besuchten, mit Suppe betheilen, sorgte für eine Bibliothek rc. Die Rubrik „Betheilungen" steigerte sich in seinem Budget von Jahr zu Jahr, so daß seine Kammer mit der Bewältigung dieser Ausgaben mehr und mehr in's Gedränge kam. Nicht selten ging schon in den ersten Monaten des Jahres zur Reige, womit man bis Ende December ausreichen sollte.

Daß seine nächste Umgebung, die Dienerschaft seines Hofes, es bei keinem Herrn besser haben konnte, braucht kaum erwähnt zu werden. Das „leben und leben lassen" übte er in der herablassendsten und herzlichsten Weise. Wenn er auf der Reise war und im Gasthofe weilte, überließ er seiner Dienerschaft stets die Wahl der Speisen, und bezeugte seine Freude wenn er auf sein Befragen erfuhr, daß sie sich's wohl hatte ergehen lassen. Er kannte alle, selbst die Kutscher die ihn von Zeit zu Zeit führten, bei Namen, wußte um ihre Kinder, erkundigte sich um ihre häuslichen Verhältnisse, worüber ihm in der Regel sein Kammerdiener beim An= und Auskleiden Auskunft geben mußte. Kam eine Erkrankung vor oder wurde eine Badekur angerathen, so wurden alle Auslagen aus der erzherzoglichen Cassa bestritten, Reisegeld, Honorar für den Arzt, Heilmittel und Mineralwässer; trat ein Todesfall ein, so mußte Vorsorge für die Hinterbliebenen getroffen werden. Er hatte überhaupt eine herz-gewinnende Art mit Personen der untern Stände umzugehen. „Adieu, mein Lieber", hieß es, wenn er sich von ihnen verabschiedete, „bleiben S' g'sund bis wir uns wiedersehen."

So war auch sein letzter Abschied von Ischl. Dem Andenken seiner edlen Gemahlin hatte er eine Capelle geweiht, wohin ihn täglich sein Weg führte. Wenn er seit ihrem Tode nach Ischl kam, war sein erstes die alten, oft besuchten Spaziergänge und Plätzchen aufzusuchen und bekannte Ischler, die ihm begegneten, nach den Aussichten für den Sommer zu befragen. Ein beliebter Endpunkt seiner Ausflüge war Langenwies, der freundliche Ort, von dessen Wirthshausgarten man einen reizenden Ausblick auf die hohe Schrott und die Spitzen des Wildenkogels genießt. Dort nahm er seinen Abend-Imbiß, dort erwarteten ihn die Damen der verstorbenen Erzherzogin, in deren Begleitung der Heimweg angetreten wurde. Das Bild der Verklärten schwebte ihm stets vor. „Sie ist mir vorangegangen", pflegte er zu sagen, „und wird mir oben Platz machen." Die Zeiten waren hart für die an den Erwerb Gewiesenen und wurden es, obwohl man immer meinte jetzt habe die Stockung den niedrigsten Punkt erreicht, von einem Jahre zum andern mehr. Der Erz-herzog tröstete bei jeder Gelegenheit, für seine Ischler sollte geschehen was in seiner Macht war. „Adieu, meine Herren", sagte er im Herbst 1877, als die Honoratioren des Ortes zum Abschied vor ihm erschienen, „es wird schon besser werden, und wir kommen alle wieder zu Euch, der Kaiser und die Kaiserin, sie haben es mir versprochen!" .. Der Kaiser und die Kaiserin kamen, und werden oftmals wieder kommen, nicht so „der gute alte Herr!"...

*   *   *

Zwar bei seiner Rückkunft nach Wien schien nichts zu besorgen.*) Er hatte in den letzten Jahren, seit dem Tode der Erzherzogin, mancherlei

----

*) Hofstaat des Erzherzogs Franz Karl im Jahre 1878:
Obersthofmeister: GM. Ferdinand Graf Wurmbrand-Stuppach.
Dienstkämmerer: Oberst Ludwig Graf Waldburg-Zeil-Trauchburg.
Rittmeister Graf Ladislaus Péjacsevich.
Secretair: Hofrath Christoph Freiherr v. Columbus.
Secretariats-Official: Adolph Zinner.
Kammerdiener: Thomas Heindl.
Franz Klaffenböck.
Kammer-Thürhüter: Wenzel Brbický.
Saal-Thürhüter: Joseph Eberhard.

erlitten — so war er im Jahre 1873 beim Eintritt in die Hof=Loge
über eine Stufe gefallen und hatte sich dabei eine Zerrung oder Ver=
renkung zugezogen, die ihn, den an vieles und ausdauerndes Gehen
gewohnten, durch vier Monate an das Zimmer fesselte —; allein er hatte
sich immer wieder erholt und schien wenig an Kräften verloren zu haben.
Die Wiener sahen ihn, wie in früheren Jahren, täglich mit seinem Kaiser=
zug durch die Straßen fahren, immer die Hand an der Hutkrempe, immer
sich freundlich verneigend und grüßend. Auch seinen Jagden ging der
Erzherzog wie sonst nach. Es war im Januar 1878, wo er am Hermanns=
kogel auf einem und demselben Stand nacheinander zwei Füchse, die an
ihm fliehend vorübereilten, mit schnell gewechselten Gewehren niederstreckte.
Das einzige was einen Unterschied gegen früher bildete, war, daß er
seine Audienzen auf das geradezu unausweichliche beschränkte; wen er
dennoch sehen und sprechen wollte, der wurde zur Tafel gezogen, wo
seine freundliche Gesprächigkeit durchaus im alten war.

Anfang Februar 1878 ging es mit den Kräften des heiligen
Vaters sichtlich zu Ende. Erzherzog Franz Karl nahm den wärmsten
Antheil, und eben so lebhaft beschäftigten ihn die Vorgänge in Rom,
als es nach dem Tode Pius IX., † 7. Februar, zur Wahl von dessen
Nachfolger kam. Als die Nachricht von der Thronbesteigung Leo XIII.
eintraf, fuhr Franz Karl beim päpstlichen Nuntius vor und stattete
demselben einen halbstündigen Besuch ab, um seine Freude über die
glücklich vollzogene Papstwahl zu bezeugen.

In den ersten Märztagen stellte sich in Folge einer Erkältung bei der
gewohnten Promenade ein Unwohlsein des Erzherzogs ein, worüber jedoch,
nach seinem ausdrücklichen Wunsch, im Publicum nichts verlauten durfte.
Auch der Hofball am Faschings=Dienstag, den der Kaiser absagen wollte,
mußte auf die Bitten seines greisen Vaters in gewohnter Weise abgehalten
werden. Der Kranke konnte sich nicht zur gewohnten Andacht in die
Hofburg=Capelle begeben; es wurde deshalb in einem seiner Appartements
ein Altar hergerichtet, wo er, in seinem Rollsessel sitzend und aus seinem
Jahre lang gebrauchten Andachtsbuche betend, der heil. Messe beiwohnte.

Am Ascher=Mittwoch fühlte er, auf ein Mittel das ihm die Aerzte ver=
schrieben hatten, eine Erleichterung; doch verhehlten sie sich dessen
bedenklichen Zustand nicht, und unterließen eben so wenig die Majestäten
auf einen traurigen Ausgang vorzubereiten. Am Donnerstag wurde das
erste Bulletin ausgegeben, das ziemlich beruhigend lautete: der Herr
Erzherzog leide „seit mehreren Tagen an einer kolikartigen Darm=
Affection"; doch habe „das allgemeine Befinden bisher nur in mäßigem
Grade gelitten." Noch im Laufe des Tages zeigten sich ernstere Wahr=
zeichen, die Kräfte waren in rascher Abnahme. Am Freitag 8. März
glaubte Franz Karl sich etwas besser zu fühlen; doch ließ er gegen
9 Uhr den Ober=Hofcaplan Dr. Haubner zu sich bitten, um zu
beichten und sich das heil. Abendmahl reichen zu lassen. Letzteres fand
im Beisein des Kaisers und der Kaiserin, der Erzherzoge Karl
Ludwig und Ludwig Victor um 9 Uhr 45 Minuten mit großer
Andacht und tiefer Ergriffenheit aller Versammelten statt. Einer fehlte:
Kronprinz Rudolph, der aufstrebende Sprosse des Hauses, an welchem
Erzherzog Franz Karl mit großväterlicher Liebe und Zärtlichkeit hing.
Der junge Prinz war auf einer Reise im Ausland begriffen, von welcher
man ihn, da man den Zustand seines Großvaters anfangs für nicht so
bedenklich gehalten, nicht voreilig hatte abberufen wollen.

Nachdem die heilige Handlung geendet, wurde der Erzherzog in
sein Krankenzimmer zurückgebracht, wo er, der keine Ahnung von seinem
lebensgefährlichen Zustand hatte, dem Priester mit innigen Worten für
dessen Mühewaltung dankte. Das um 11 Uhr ausgegebene zweite
Bulletin machte dem Publicum bekannt: daß es nicht gelungen sei „die
aufgehobene Durchgängigkeit des Darm=Canals" herzustellen; auch seien
in den Morgenstunden „leider Erscheinungen von rasch zunehmendem
gefahrdrohenden Verfall der Kräfte eingetreten." In der That zeigten
sich noch im Beisein der ordinirenden Aerzte Athembeklemmungen, das
Eintreten einer Herzlähmung wurde constatirt. Der Hof= und Burg=
pfarrer Prälat Dr. Mayer wurde in Eile herbeigerufen, der dem
Leidenden die letzte Wegzehrung spendete und sodann, während die

Majestäten und die beiden Erzherzoge in Thränen aufgelöst das Lager umstanden, die Gebete für die Sterbenden sprach. Das Bewußtsein des Kranken begann zu schwinden, kurz nach 12 Uhr hörten die Pulsschläge auf. Erzherzog Franz Karl hatte nach 75 Jahren und drei Monaten seine irdische Wanderschaft geschlossen. . .

Die Bestürzung in der Stadt war um so größer, je weniger man nach den ausgegebenen Krankheitsberichten auf einen so raschen und so ernsten Verlauf gefaßt war. Die Trauer um den edlen Dahingeschiedenen war groß und aufrichtig, aus allen Theilen des Reiches tönte der Widerhall dankbarer Anerkennung seines liebevollen segenspendenden Wirkens, der Klage über den Verlust des erhabenen „Seniors" des regierenden Hauses, „der mit allen Fasern seines Herzens an seinem Oesterreich gehangen" (Prager Abendblatt). „Mit ihrem vielgeliebten Herrscher", hieß es in der „Czernowitzer-Zeitung", „mit dem vom tiefsten Schmerze gebeugten Sohne, mit den betrübten Mitgliedern des Aller= höchsten Herrscherhauses trauern die Völker des Kaiserstaates an dem Sarge des hohen Verblichenen, der ihnen im Leben mit seinem Herzen, mit seinem Fühlen und Thun so nahe stand, den die höchsten mensch= lichen Tugenden, die Güte und das Erbarmen zierten, dessen stets offene Hand reichlich gab, dessen ganzer Lebenslauf Wohlthun und Hilfebringen war." „In seiner Person", sagte der „Osservatore Triestino", „liebten alle nicht blos den verehrten Vater Sr. Majestät des Kaisers, sondern auch den mit den ausgezeichnetsten bürgerlichen und häuslichen Tugenden geschmückten Prinzen" ꝛc. ꝛc.

Groß vor allem waren der Schmerz und die Trauer in Wien. Denn hier hatte seine Wiege gestanden, hier hatte er den weitaus größten Theil seines Lebens geweilt, hier war die Stätte seines reichsten wohl= thätigen Wirkens! Und hatte sich der Verstorbene nicht selbst mit Vorliebe einen „alten Wiener" genannt? Gleich in den ersten Stunden nach der Todesnachricht wurden von einzelnen Häusern schwarze Fahnen ausgesteckt, deren Zahl von Stunde zu Stunde zunahm, so daß das Innere der Stadt ein Aussehen erhielt wie es in den alten Märchen heißt: „Und da

kamen sie in eine Königsstadt, da war aber alles schwarz verhangen, denn
ein Prinz war gestorben . . ." Sonntag den 10. März halb zehn Uhr
abends fand die feierliche Uebertragung der Leiche in die Hofburg-
Capelle statt, am 11. um acht Uhr morgens nach abermaliger Ein-
segnung begann der Zulaß des Publicums, das alle Plätze um die
Kaiserburg füllte und sich herzudrängte, die geliebten und verehrten Züge
noch einmal im Tode zu sehen, die den Aeltesten von ihnen seit frühester
Erinnerung im Leben so oft und mit so herzgewinnender Freundlichkeit
und Herablassung begegnet waren. Am 12. mittags wurde der Einlaß
gesperrt, nachmittags fand mit althergebrachtem Kaisergepränge die Beisetzung des Herzens in der Augustiner-Kirche, der Eingeweide bei
St. Stephan, um 4 Uhr Nachmittags das feierliche Leichenbegängnis
und die Beisetzung des Sarges bei den Kapuzinern statt. Der Kaiser,
die Kaiserin und der in großer Bestürzung von seiner Reise herbeigeeilte
Kronprinz, die Erzherzoge Karl Ludwig und Ludwig Victor, die
sämmtlichen Mitglieder des kaiserlichen Hauses, eine große Anzahl Prinzen
und außerordentliche Gesandten als Beileidsträger auswärtiger Höfe, der
Hofstaat, wohnten in tiefer Trauer der Feierlichkeit bei, deren kirchliche
Handlungen unter Theilnahme des Cardinal-Fürst-Erzbischofs Schwarzenberg und des päpstlichen Nuntius Monsignore Jacobini, des
Kapuziner-Convents von Wien und vieler hohen Kirchenfürsten des
Reiches begangen wurden.

In den Landeshauptstädten und allen größeren Orten der Monarchie
wurden Trauerandachten abgehalten. Von dem Museum „Francisco-
Carolinum" in Linz hing eine schwarze Fahne herab. Alle die zahlreichen
Anstalten und Vereine, die in dem Verblichenen ihren Beschützer, ihren
Theilnehmer und Wohlthäter verehrt hatten, sandten Deputationen oder
Beileids-Adressen an Se. Majestät den Kaiser.

*   *   *

In dem Leben der Reichshauptstadt gab es von jetzt eine Lücke.
Die große Menge hängt an gewissen Außendingen, die ihr nicht blos

zur Befriedigung eitler Schaulust dienen, die ihr zugleich zu einem
Gegenstand liebgewonnener Gewohnheit und Erinnerung geworden sind.
Der verstorbene Erzherzog hatte gesagt: „Gehen will ich wie jeder
Bürgerliche, fahren aber kaiserlich." So hatte er es geübt, und er war
damit im Rechte. Das Volk liebt es allerdings und erkennt es dankbar
an, wenn die Majestät und die Prinzen des Hauses in schlichter Weise in
seiner Mitte verkehren, aber es liebt es auch und verlangt es sich, daß
sie mitunter sich anders zeigen als der gewöhnliche Bürger oder Militär.
Der berühmte Verfasser vom „Geist der Gesetze" hat als das belebende
Princip der Monarchie die Ehre, die Auszeichnung hingestellt, und das
sollte denn doch nicht so ganz außeracht gelassen werden. Wir können
und sollen allerdings nicht zu dem steifen und strengen Formenwesen
früherer Jahrhunderte zurückgreifen: der Geist der Zeit ist eben ein
anderer geworden. Aber so ganz gleich jedem Andern in der äußern
Erscheinung sollte doch nicht alles werden. Erzherzog Franz Karl
und seine vorausgegangene Gemahlin glaubten mindestens bei ihren Aus-
fahrten einen gewissen Pomp entfalten zu sollen, und man wußte es ihnen
im Publicum Dank. Es war etwas, wenn man von weitem her sagen
hörte: „Da kommt die Mutter, da kommt der Vater unseres Kaisers
gefahren", und wenn sich dann alles richtete, um den Zug vorbeirollen
zu sehen und den gewinnenden Gegengruß der höchsten Herrschaften zu
empfangen; es nahm sozusagen jeder ein Stück kaiserlicher Zuthunlichkeit
und Gewogenheit mit sich nach Hause. Das ist nun dem Wiener verloren gegangen, und man mußte es sehen wie ihm das Herz aufging,
als er im letzten Sommer das gewohnte Prachtgespann wieder einmal
zu Gesicht bekam: es war als der Schah von Persien das kaiserliche
Geschenk des Marius'schen Glaswagens erproben wollte. „Das sind die
Schimmel des guten alten Erzherzogs", sagten die Leute und ihnen
wurde bei der plötzlich auftauchenden Erinnerung weich und wohl im
Gemüthe.

Darum hat auch keine der vielen bildlichen Darstellungen, zu denen
das Hinscheiden des Erzherzogs Franz Karl den Wiener Blättern

Anlaß geboten, besser in's schwarze getroffen als eine im „Kikeriki"
vom 14. März: „Die letzte Fahrt vom Erzherzog Franz Karl." In
der Zeichnung durchaus nicht künstlerisch, in der Ausführung nichts
weniger als fein, aber um so glücklicher im Gedanken und in der Er-
findung, zeigt sich da der Sechserzug des Verstorbenen, von reitenden
Engelchen mit Palmenzweigen in den Händen gelenkt, in vollem Galopp
auf Wolken gegen Himmel fahren. Unten seitwärts am Wege, die thränen-
vollen Augen mit einer Falte ihres Mantels verhüllend, steht „Vindo-
bona", welcher der Erzherzog aus dem Wagenfenster mit der Hand den
Abschiedsgruß zuwinkt; oben aber harrt Sanct Peter mit dem Schlüssel,
dem neuen Ankömmling die Pforten des Himmels zu öffnen.

Ja Franz Karl hat es, so weit wir menschlich urtheilen und
richten können, um uns verdient, von der Erde schnurstracks in den
Himmel hinaufkutschirt zu werden! Ein lateinisches Sprüchwort lautet:
„De mortuis nil nisi bene — Von den Todten nichts als gutes!"
Franz Karl aber gehörte zu jenen, von welchen schon im Leben nur
gutes gesprochen wurde. Hatte er einen Feind? Hat er einen solchen auf
Erden zurückgelassen? . . .

R. I. P.

Druck von Ludwig Mayer, Wien, Wieden, Hauptstraße Nr. 11.